CARNAGES

MAXIME CHATTAM

CARNAGES

Le papier de cet ouvrage est composé de fibres naturelles, renouvelables, recyclables et fabriquées à partir de bois provenant de forêts plantées et cultivées durablement pour la fabrication du papier.

© Maxime Chattam, novembre 2005.
© 2010, Pocket, un département d'Univers Poche,
pour la présente édition.
ISBN 978-2-266-20171-1

Prologue

L'établissement ressemblait à un golem de pierre agenouillé, des tentacules à la place des bras s'étalant entre des flaques de bitume et des nappes d'herbe. La nuit n'était pas encore dissipée si bien qu'un halo jaune irradiait de ses entrailles, des yeux de lumière s'ouvraient depuis les plaies rectangulaires de sa peau minérale.

Le lycée était assis là, derrière un drapeau agité par le vent d'automne et la 120e Rue au ballet incessant de phares blancs et rouges comme autant de globules alimentant les veines d'un système.

Derrière ce paysage se dressait le spectre palpitant d'artères intriquées, s'éveillant, se mettant en branle pour nourrir un autre jour.

Sur la petite esplanade devant l'entrée du lycée, les silhouettes se frôlaient, se bousculaient mollement en riant, en bavardant, en maugréant, ou en silence. Les ombres furtives entraient dans la gueule ouverte du bâtiment, traversant devant les fenêtres comme autant de clins d'œil du golem à la nuit.

Le hall se remplissait peu à peu avant la répartition vers les classes, avant la déglutition du savoir.

Lisa-Mary noua ses cheveux avec un élastique pendant que sa meilleure amie lui racontait sa soirée. Lisa-Mary ne l'écoutait pas vraiment, toute son attention était focalisée sur un garçon qu'elle avait repéré depuis quelques semaines et qui venait d'entrer dans son champ de vision. Elle devait faire bonne impression. Elle se mit à sourire d'un coup, elle savait que son visage était plus charmant encore lorsqu'elle souriait. Cette semaine, elle se débrouillerait pour qu'il l'aborde. Pourquoi perdre plus de temps en palabres ? *Carpe diem*, comme disait le film.

Plus loin, Lucas s'assit sur un des radiateurs sous la baie vitrée. Il était fatigué. Son cœur battait un peu vite depuis une minute, c'était peut-être ça, de la *tachycardie*. Le *spif* du matin était trop chargé. Sûr. Il hocha la tête tout seul dans son coin. Il avait un peu abusé sur le dosage, ou c'était son shit qui était de mauvaise qualité. *Y a trop de pneu dedans ! Trop de goudron aussi... Ouais, c'est ça. Et j'suis déchiré...* songea-t-il, un rictus aux lèvres.

Les élèves défilaient sous ses yeux brillants, en une longue procession bigarrée.

Mario descendit les marches pour rejoindre le couloir conduisant aux vestiaires. Il détestait commencer la semaine avec éducation physique, le sport n'était pas son truc. Son problème de poids n'y aidait pas, c'était un fait. Il devait se faire dispenser. Le médecin aurait dû le dispenser depuis longtemps, à vrai dire. Oui, il insisterait davantage encore la prochaine fois...

La sonnerie retentit. Elle résonna dans chaque allée, dans chaque cage d'escalier, à chaque niveau.

Dans l'ombre, un adolescent qu'une poignée de témoins allait identifier comme étant Russell Rod, dix-sept ans, remonta la capuche de son gilet. Il tira sur les cordons de part et d'autre de son cou pour que le tissu se resserre autour de son visage. Il respirait fort.

Il enfila ses gants en cuir, les fit crisser en étirant ses doigts à l'intérieur. Un sentiment de puissance l'envahit.

Son sac à dos était ouvert à ses pieds. Aucun cahier n'en dépassait.

Seulement une barre noire reflétant les lampes du couloir. Longue et rectangulaire.

Le chargeur d'un pistolet-mitrailleur Uzi.

Le garçon se pencha pour l'attraper.

L'arme jaillit à l'air libre dans le lycée, presque au ralenti.

L'improbabilité de trouver pareil objet ici la faisait apparaître sous un jour nouveau, presque irréelle. Elle brillait.

Elle était même élégante.

L'adolescent cala les chargeurs supplémentaires dans ses poches.

Et il se mit en marche.

Un gros lycéen attendait devant la porte du vestiaire.

Le canon de l'Uzi se leva vers lui.

Lisa-Mary était accotée contre le mur, devant la salle de classe dans l'attente du professeur. Juste en face, parmi les élèves qui patientaient en discutant, se trouvait sa cible du moment. Type hispanique, ce qu'elle préférait. Il était beau à croquer.

Il y eut une série de détonations sèches qui claquèrent si violemment entre les parois que la plupart des adolescents se bouchèrent les oreilles en grimaçant. Plusieurs avaient sursauté.

Ils s'observèrent tous. L'un d'entre eux se mit à rire bruyamment. Tout le monde échangea des regards où la curiosité le disputait à la surprise, et un peu d'inquiétude. Quelques-uns s'en moquèrent et reprirent leurs conversations.

Lisa-Mary sortit de la file pour se mettre au milieu du couloir et scruter ce qui se passait au loin. Les portes coupe-feu étaient immobiles. Rien à signaler.

Puis un battant trembla.

Il se mit en mouvement.

Une jambe apparut, puis toute une silhouette. Elle tenait quelque chose d'étrange dans la main...

Lisa-Mary n'entendit pas les nouvelles détonations, ni les hurlements paniqués de la foule.

Son crâne tout entier venait d'exploser.

Le garçon qu'elle désirait une seconde plus tôt était à présent couvert de sa cervelle, d'esquilles d'os et de fragments brûlés de ses longs cheveux roux.

Lucas soupira longuement. Le bruit assourdissant qui se rapprochait lui vrillait la tête. Qu'est-ce que c'était encore que ce raffut ? Des travaux ?

Pour l'heure il avait une autre préoccupation.

Il était en retard. Il fallait absolument qu'il y aille. Il n'était pas dans son assiette et si en plus il attirait l'attention de Definger — son prof de maths — sur lui, alors là il aurait de gros ennuis.

Debout.

Il vit une fille qu'il ne connaissait pas lui passer devant à toute vitesse. Lucas fronça les sourcils.

Puis deux autres personnes.

Et encore une autre.

Ils avaient une expression de terreur peinte sur le visage.

Qu'est-ce qu'ils avaient tous, d'un coup ?

Lucas voulut se lever mais n'y parvint pas. Il fallait y mettre un peu plus de volonté compte tenu de son état.

Ce shit, il est pas croyable. Pas une affaire...

Quatre ombres défilèrent en courant devant lui.

Le bruit martelant se répéta à nouveau. Plus puissant encore.

Lucas posa son front dans sa paume en râlant.

L'instant d'après quelqu'un lui faisait face.

Il se redressa un peu pour le distinguer.

Le connaissait-il ?

Une odeur assez forte se dégageait de l'individu, piquante.

— Qu'est-ce que tu veux ? demanda Lucas en faisant un effort de concentration pour reconnaître ce visage.

L'autre leva le bras vers lui. Une arme à feu dans son prolongement.

Lucas grimaça, son nez se plissa.

— Oh... la vache... murmura-t-il.

La seconde suivant l'impact des balles projetait son corps en arrière avec une telle violence qu'il s'encastrait dans le verre de la baie.

Son sang se mit à couler à l'extérieur.

Une dizaine de rigoles pourpres apparurent, dégoulinant jusqu'au sol.

Et les tirs continuèrent.

8 h 34.

Quatorze personnes sont mortes.

Vingt et une blessées, certaines pour le restant de leurs jours.

Des centaines sont et resteront traumatisées.

Dehors, la société s'éveille.

Pour nourrir un nouveau jour.

1

Lamar Gallineo conduisait nerveusement.

Sa vieille Pontiac remontait la Troisième Avenue en direction de Harlem, le gobelet de café fraîchement acheté menaçant de se renverser sur le tableau de bord.

Lamar se tenait penché en avant, trop grand pour être confortablement installé dans une voiture normale. Il mesurait un peu plus de deux mètres.

Sa taille lui avait causé beaucoup d'ennuis pour entrer dans la police. Il ne correspondait pas aux standards. Mauvais point.

Diplômé de droit à l'université, il avait voulu entrer dans la police par la grande porte : il souhaitait être détective. Deuxième mauvais point. Parce qu'il était noir. Afro-Américain, fallait-il dire désormais.

Pour une partie de l'administration new-yorkaise en place depuis le crétacé, un Noir de deux mètres devait jouer au basket, pas devenir détective de police.

Douze ans plus tard, Lamar portait fièrement le badge.

Mieux, il travaillait au service central des homicides du NYPD[1]. Quelques bons coups de flair l'avaient propulsé aux commandes de plusieurs affaires importantes

---

1. *New York Police Department* : police new-yorkaise.

qu'il avait résolues sans faire de vagues. Il était monté en grade rapidement. Lieutenant. La nouvelle politique de discrimination positive l'avait aidé, il ne se leurrait pas. Tant mieux, songeait-il. C'était toujours ça de gagné.

En douze ans d'expérience, il s'était fait à tout. Aux mauvaises blagues racistes de ses partenaires. Aux horaires insoutenables qu'il fallait assumer au détriment d'une vie privée. Aux cadavres en décomposition.

Mais jamais il n'avait pu s'habituer à conduire vite dans Manhattan.

La tête penchée au-dessus du volant pour que le haut de son crâne ne frotte pas contre le toit de l'habitacle, il grimaçait, s'efforçant d'anticiper le trajet des véhicules qui étaient susceptibles de lui couper le chemin. Le gyrophare de la Pontiac tourbillonnait, sans sirène — Lamar détestait l'idée de saturer cette ville de sirènes, elles donnaient trop d'importance aux crimes et aux accidents, disait-il — tandis qu'il tentait de se frayer un chemin au milieu d'une circulation chargée.

On venait de l'appeler en urgence.

Un carnage, lui avait-on dit.

C'étaient les flics du 25e *precinct*[1] qui l'avaient contacté. Un individu non identifié avait ouvert le feu au milieu d'un lycée, moins d'une demi-heure auparavant. Homicides. Harlem. Affaire sensible. La formule tragique pour faire surgir Lamar Gallineo.

Le ciel blanchissait à peine lorsqu'il arriva devant le lycée emmitouflé de rubans jaunes et couvert du nimbe des gyrophares rouges et bleus. Deux officiers de police vinrent aussitôt à sa rencontre tandis que des camionnettes de télévision se garaient brusquement en faisant crisser leurs pneus.

1. Commissariat américain.

15

— Venez, inspecteur, c'est à l'intérieur, fit le premier officier engoncé dans un uniforme trop petit pour sa bedaine imposante. Les secours ont évacué les blessés les plus touchés, les autres reçoivent des soins dans les salles. On a commencé à recueillir quelques témoignages.

— Le tireur n'est plus dans le bâtiment, vous en êtes sûr ? interrogea Lamar de sa voix de baryton.

— On l'a localisé, lança sèchement le second officier de police.

Lamar fronça les sourcils, surpris de ne pas voir plus d'activité. Si le tireur était encore à l'intérieur, c'était une évacuation immédiate qu'il fallait opérer, et le SWAT[1] devait boucler les issues avant d'intervenir.

— Eh quoi ? insista Lamar. C'est tout ce que vous me dites ? Il est localisé, ça veut dire quoi ? Il est encore ici ?

— Oui. D'après ce qu'on nous a dit, il est entré dans une pièce du premier étage et il n'en est pas ressorti.

— Comment pouvez-vous en être sûr ? Il y a une caméra devant cette porte ?

Lamar pressait le pas, de plus en plus nerveux à l'idée qu'un psychopathe armé puisse se terrer dans un lycée encore plein d'élèves.

— C'est un local de service, il ne s'ouvre que de l'extérieur, expliqua l'officier. Et des témoins affirment avoir vu le tireur y entrer, le silence est retombé pendant une minute ou deux puis il y a eu une détonation supplémentaire, et plus rien ensuite.

Ils arrivèrent aux portes de l'établissement, des pompiers et plusieurs ambulanciers entraient et sortaient par les portes battantes.

---

1. Équivalent du RAID ou du GIGN français.

— Vous êtes monté voir à l'intérieur ? questionna Lamar, une main sur la porte.

Les deux officiers échangèrent un bref regard gêné.

— Non, répondit l'homme au ventre proéminent. On a préféré vous attendre.

Lamar plissa les lèvres.

— Je vois...

Il porta la main à son arme et entra dans le bâtiment d'où s'échappaient des gémissements et des pleurs.

Des dizaines de silhouettes occupaient le hall, assises par terre, allongées ou recroquevillées, elles recevaient des soins ou répondaient à la demi-douzaine d'officiers de police qui avaient accouru à l'annonce du massacre.

Un grand escalier en bois faisait face à l'entrée, Lamar s'y élança.

Un palier intermédiaire avant le premier étage servait à afficher les petites annonces des élèves. Un soleil pourpre avait éclaté par-dessus, un mètre de diamètre. Son noyau était constitué de petites particules de cervelle fondue et maintenant collées au liège du tableau, et ses rayons d'hémoglobine brillaient sous l'éclairage cru. Des traînées de sang dessinaient des tourbillons sur le linoléum, étalées vers les marches où des flaques stagnaient en gouttant doucement.

Une couverture beige recouvrait un corps affalé là, dont une main dépassait.

Une main avec des doigts courts, potelés, et plusieurs bagues. Les ongles vernis.

Lamar enjamba le corps, son Walter P99 à la main, les deux officiers de police sur les talons. Ils gravirent les dernières marches et débouchèrent sur un long couloir donnant sur des salles de classe.

De grandes quantités de sang s'étaient répandues sur le sol, des adolescents et des professeurs paniqués avaient patiné dedans, étalant ces fleurs macabres vers l'escalier.

Lamar remarqua aussitôt les trois cadavres. Deux garçons et un adulte.

Une large partie de leurs fluides se trouvait à présent tout autour d'eux, encore tiède.

Le géant noir posa sur eux un regard blessé sans pour autant se déconcentrer de son objectif prioritaire.

Un des officiers s'approcha prudemment d'une porte en bois sans aucune inscription. Il pointa son canon vers la serrure.

— Le gardien nous a assuré qu'on ne pouvait pas ressortir, murmura-t-il, il n'y a pas de poignée de l'autre côté, c'est juste un placard.

Les deux officiers prirent place de part et d'autre du chambranle.

Une odeur fraîche, mélange de fer et de celle qu'on respire dans une boucherie — celle du sang —, se mêlait au parfum piquant qu'avaient laissé les coups de feu. Il avait fallu en brûler, des cartouches, pour imprégner à ce point le corridor, s'étonna Lamar.

L'inspecteur hésita. Il pouvait encore appeler l'unité d'intervention pour régler le problème. Il n'avait pas à aller là-dedans lui-même.

Trop tard.

D'après les témoignages, le tireur était entré dans cette voie sans issue et une détonation avait retenti. Lamar savait que, dans les cas de tuerie comme celle-ci, les auteurs retournaient presque toujours leur arme contre eux. Tout concordait. A priori, il n'y avait plus qu'un cadavre dans ce réduit.

Lamar posa une main sur le bouton doré en braquant son semi-automatique vers l'ouverture. Sa paume était moite. Il pressa la crosse jusqu'à s'en faire blanchir le bord de la main.

Il tira d'un coup sec en s'écartant brusquement pour éviter d'offrir une cible trop facile.

Le local n'était pas éclairé, la lumière du couloir l'inonda en entier.

Une fragrance écœurante s'en échappa.

Un individu en treillis militaire et gilet à capuche était effondré parmi les seaux et les flacons de produits de nettoyage. Un sac plein de munitions était couché à ses pieds. Un Uzi renversé à côté.

Lamar fit un pas vers l'intérieur.

L'homme avait la tête renversée en arrière, Lamar dut s'avancer encore un peu pour distinguer son visage.

Menton pointu, lèvres fines, petite moustache d'adolescent sous un nez plus grossier.

Puis un magma confus de viande et d'esquilles d'os au milieu de trous béants.

Il s'était bien suicidé. Aucun doute là-dessus.

L'odeur pestilentielle se fit plus présente encore. Lamar se mit instinctivement à regarder où il avait marché.

De la merde. Ça sent la merde !

Il fouilla tout autour de lui le minuscule renfoncement dans lequel il avait pénétré.

Un chariot était parqué sur sa gauche, sous une enfilade de blouses et de tenues de nettoyage.

Une chaussure était rangée en dessous.

Lamar tiqua.

C'était une basket.

Il releva doucement le canon de son arme devant lui.

Puis s'approcha précautionneusement.

La basket tressauta.

2

Lamar se cala bien en appui sur ses deux jambes, prêt à parer à toute situation.

— Sortez doucement de là, dit-il. Ça ne sert à rien de vous cacher.

Comme il ne se passait rien, Lamar fit un pas en avant.

Un des officiers de police entra à son tour, projetant une ombre sur tout le local. Lamar n'y voyait plus grand-chose.

Il avança une main vers les blouses et les tabliers qui pendaient sur une tringle et d'un geste brusque en repoussa une bonne partie pour découvrir le fond du renfoncement. Son pistolet prolongeait son bras droit, prêt à faire jaillir l'enfer de sa bouche froide.

Un adolescent sursauta, le regard terrorisé.

Il s'était replié sur lui-même, cherchant à occuper le moins de place possible contre ce mur. Il claquait des dents.

Une immense auréole tachait le devant de son jean.

Il tremblait.

Lamar réalisa alors que l'odeur d'excrément provenait de l'adolescent.

Lamar s'était constitué un quartier général dans le bureau du gardien, la grande fenêtre donnant sur le hall lui permettait d'avoir un œil sur les allées et venues. Le téléphone n'arrêtait plus de sonner.

On en était à quatorze morts et beaucoup de blessés.

Le directeur de l'établissement, Allistair McLogan, un quinquagénaire aux cheveux blancs et à la moustache grise, était effondré dans un fauteuil dans l'angle de la pièce. Il se massait les joues en secouant la tête.

Le tireur avait été identifié assez rapidement. D'abord par quelques témoins qui avaient cru reconnaître un élève du lycée malgré sa capuche, et ensuite grâce au cadavre qui, malgré l'absence de la portion supérieure du visage, avait été comparé sans aucun doute possible avec une photo prise dans les dossiers de l'administration.

Il s'appelait Russell Rod et avait dix-sept ans.

En moins de dix minutes, il avait vidé une demi-douzaine de chargeurs d'Uzi, soit environ deux cents balles.

Lamar avait rassemblé toutes les dépositions, il venait tout juste de finir de les lire. Plusieurs officiers étaient encore en train de prendre les témoignages de quelques personnes mais déjà on pouvait retracer l'essentiel des faits.

Russell Rod avait dû arriver assez tôt, personne pour l'instant ne se souvenait de l'avoir croisé ce matin-là avant le drame — il restait cependant énormément d'adolescents à interroger. Il était descendu au sous-sol, près des vestiaires, pour se préparer. C'est là qu'il avait entamé sa folle traversée.

Il avait abattu un garçon qui était dans le couloir avant de remonter et d'ouvrir le feu dans le hall, sur tout ce qui bougeait. Puis il avait continué à l'étage, entrant dans plusieurs classes où s'étaient réfugiés des élèves. Il les avait traqués jusque derrière les tables pour les tirer comme des lapins. Certains à bout portant, le canon presque dans l'œil.

À mesure que son arme crachait du plomb en fusion dans les salles de cours, certains tentèrent de s'enfuir en courant dans le couloir. Russell Rod avait, aussi souvent que possible, essayé de les abattre. Non sans un certain sadisme, d'après un professeur de mathématiques qui avait assisté à la scène. Selon lui, Russell avait plutôt cherché à tirer dans les jambes des fugitifs pour ensuite venir les achever à bout portant, si possible dans le visage.

Un carnage.

Russell avait tout fait pour laisser le moins de témoins possible.

Puis il était entré dans ce local de maintenance. Un coup de feu avait retenti avant que ne retombe le silence. Les pleurs, les gémissements et les cris de douleur n'étaient venus qu'après plusieurs secondes.

Lamar posa la pile de rapports manuscrits sur le bureau et la recouvrit d'un porte-tampons pour qu'elle ne se disperse pas dans un courant d'air, puis il passa dans la pièce attenante : l'infirmerie.

Sur le premier des quatre lits était allongé l'adolescent découvert dans le local, un certain Chris DeRoy, emmitouflé dans une couverture de survie dorée. Il était châtain aux yeux marron, avec des taches de rousseur et quelques boutons d'acné. Le garçon baignait dans ses propres déjections en attendant que ses parents arrivent avec des vêtements propres. Il se remettait très lentement de sa terreur.

Il avait parlé à Lamar, très doucement. Il avait vu Russell monter les marches avec son pistolet-mitrailleur à la main. Il avait clairement distingué le crâne d'une fille exploser. Alors il s'était jeté dans ce réduit et il s'était enfoncé dans un coin, pour se cacher. Là, il avait entendu les coups de feu, ils n'arrêtaient pas. Des gens couraient. Au début, il y avait eu des hurlements, ensuite tous ceux qui n'étaient ni morts ni dehors avaient compris que vivre c'était se taire pour ne pas attirer le cinglé.

Les minutes avaient passé jusqu'à ce que la porte s'ouvre sur Russell.

Il l'avait reconnu. Ses vêtements habituels : pantalon de l'armée et gilet à capuche au nom d'un groupe de metal.

Chris l'avait vu entrer. Il lui semblait qu'il avait murmuré quelque chose sans parvenir à comprendre quoi exactement. Après quoi il avait pris son Uzi d'une main pour le pointer derrière son crâne et tirer. La moitié de sa tête s'était volatilisée pour se répandre en liquide sur le mur opposé.

La porte, équipée d'un groom, s'était refermée automatiquement à ce moment-là et Chris était resté dans le noir jusqu'à l'arrivée des policiers.

Lamar vint à son chevet.

— Tes parents seront là d'une minute à l'autre. Tu... es sûr que tu ne veux pas passer par la salle de bains ? insista-t-il en espérant que l'adolescent préfère être dévêtu mais propre sous sa couverture de survie.

Chris secoua la tête.

— Bon...

Lamar allait lui proposer une boisson chaude lorsque la porte s'ouvrit sur un quinquagénaire brun bien coiffé, rasé de près, et arborant un costume trois-pièces. Newton Capparel.

— Lamar ! s'exclama Capparel. Fais-moi le topo, on n'a que quelques minutes avant la conférence de presse. Ils grouillent dehors et s'impatientent.

Lamar croisa les bras sur la poitrine.

— Tu prends l'enquête ? demanda-t-il.

— Je préfère le terme « coordonner ». C'est le grand manitou qui le veut.

Lamar acquiesça. *Bien sûr.* Capparel savait s'exprimer, il savait comment brosser le poil des journalistes dans le bon sens, et il présentait mieux que lui, un géant noir approchant la quarantaine, avec ses chemises immenses et son anorak des années quatre-vingt. Et encore, il leur avait épargné son bonnet en laine beige et marron, oublié ce matin dans la précipitation.

— Lamar, enchaîna Capparel, tu seras avec moi devant les caméras. En... euh, en retrait.

Pour représenter la couleur locale, devina Lamar. Il serait le quota nécessaire au politiquement correct.

— Mouais, maugréa-t-il.

Il se tourna vers Chris.

— Courage, mon grand, tes parents arrivent.

Et il sortit en compagnie de Newton Capparel qui se concentrait déjà pour bien choisir les mots qu'il emploierait devant les objectifs.

Les bouches noires des caméras burent tout ce qu'il y avait à boire et Lamar put retourner dans l'ombre. Il détestait ces coins d'immeuble qu'on abreuvait de lumière pour filmer, ces nids de micros pointés sous leur menton ; après quelques minutes, les projecteurs finissaient par chauffer malgré le vent d'automne qui clapotait dans les écharpes et tout cela créait une sorte de scène surréaliste que Lamar trouvait trop abstraite. Cela manquait de tenue, de respect, pensait-il non sans savoir qu'il n'était pas en phase avec le monde actuel et ses besoins médiatiques.

Capparel en coordinateur signifiait qu'il allait profiter du boulot des uns et des autres sans se déplacer pour dresser le rapport final et récolter les lauriers. Lamar avait l'habitude de ces méthodes, courantes de la part des requins du NYPD qui visaient des postes politiques à moyen et long terme.

Lamar quitta le lycée avant onze heures pour rejoindre le precinct 13 où il travaillait, dans le sud de Manhattan, sur la 21ᵉ Rue. Il sortit de son véhicule et alla s'acheter un grand gobelet de café avant d'entrer dans l'immeuble de la police. Lamar partageait son bureau avec l'une des équipes du squad homicide de Manhattan. Lorsqu'il entra dans la grande pièce, deux hommes échangeaient leurs informations en chuchotant au-dessus d'un dossier et le reste des chaises était vide à l'exception de celle en face de Lamar. Doris Kennington. Elle était le binôme favori de Lamar. Aussi petite que lui était grand, une blonde fluette, tout en nerfs et en muscles, adepte des sports de combat et unique femme que Lamar connaissait qui ne manquât pas une retransmission télé d'« Ultimate fighting ».

— Tu n'es pas sur la tuerie de Harlem ? s'étonna Doris.

— Capparel a repris le flambeau.

Elle haussa un sourcil qui en disait long sur ce qu'elle pensait de Capparel.

— Mme Pathrow a appelé de l'hôpital Bellevue, rapporta-t-elle en consultant ses notes. Son mari vient de mourir. La tentative de meurtre a été classée en homicide, le procureur veut te voir à ce sujet.

Lamar acquiesça.

— C'est tout ?

— *Yes*. Maddox et Rod sont partis dans le West Side, on a retrouvé un macchabée sur une terrasse d'appartement. La journée commence plutôt bien pour les affaires.

Lamar consulta rapidement ses mails avant d'attraper son fameux bonnet de laine pour foncer chez le procureur.

Doris regarda le géant d'ébène quitter la salle de sa démarche penaude, ses interminables bras tombant sur ses flancs minces, son anorak orange dans une main. Lamar était un phénomène, aussi singulier dans son apparence que sensible à l'intérieur. Un colosse qui vivait seul, qui ne ménageait pas son temps à enquêter. Doris eut un peu de peine à le voir partir.

Ses yeux se reportèrent sur l'écran de télé au son coupé qui diffusait en boucle des images du lycée meurtri.

Village Academy était le point de départ de l'infection.

Le foyer de l'épidémie.

À présent le mal se répandait dans la ville.

Il allait éclater au grand jour dans un avenir proche.

Et tuer, encore et encore.

Doris se pencha pour éteindre le prédicateur cathodique.

3

« Que peut-on espérer d'un monde où la jeunesse devient folle ? » demanda le journaliste. La voix crépitait dans les enceintes de la vieille Pontiac de Lamar.

Trois semaines s'étaient écoulées depuis la tuerie de Harlem.

Un autre carnage avait eu lieu dans un lycée du Queens quelques jours auparavant. Vingt-deux morts et trente et un blessés. Le tireur fou, un élève de l'établissement, s'était enfui après la fusillade. On l'avait retrouvé chez ses parents, suicidé d'une balle dans la tête.

Ni Lamar ni ses collègues proches ne s'étaient rendus sur place, c'était hors de leur district. Les détectives du Queens avaient mené l'enquête promptement.

Deux adolescents venaient d'ouvrir le feu sur leurs camarades à dix jours d'intervalle. Les médias s'embrasaient. La population commençait à cuire dans son jus. Toute la ville tremblait dans l'incompréhension.

Lamar se contenta de suivre l'affaire à distance. Comme pour Harlem, on ignorait les motivations du tueur. Différents psychiatres se succédaient sur les chaînes de télévision pour expliquer qu'à cet âge il n'était pas nécessaire d'avoir de réel mobile pour passer à l'acte, il suffisait d'un désordre émotionnel persistant, et l'influence de notre société de violence suffisait à les conduire à de pareils actes. Sur d'autres chaînes, d'autres psychiatres tout aussi sûrs d'eux affirmaient que c'était faux, qu'il fallait un trauma bien plus profond que cela, et les experts de se renvoyer la balle sans arrêt.

La réalité était qu'on n'en savait rien, avait conclu Lamar.

Ce qui, lui, le troublait, c'était l'absence de piste pour expliquer la provenance des armes utilisées. Dans un cas comme dans l'autre, on n'avait pu remonter leur trace. Pas encore, espérait Lamar.

Il se gara dans le parking souterrain de l'immeuble où il avait rendez-vous et prit un ascenseur qui sentait la pizza. Un homme barbu avec de fines lunettes et portant un nœud papillon sur sa chemise l'accueillit, le professeur Gavensoort.

— Bienvenu, inspecteur, dit-il. C'est toujours un plaisir de vous voir ici. C'est Newton Capparel qui vous envoie, n'est-ce pas ?

— Au sujet de l'Uzi utilisé dans la tuerie de Harlem. Il paraît que vous avez avancé ?

Gavensoort brandit un index devant lui.

— Ah ça oui ! Venez.

Il s'enfonça dans les couloirs du département d'expertise balistique du NYPD jusqu'à une pièce recouverte de carrelage blanc où plusieurs armes à feu étaient posées sur une paillasse, au milieu de flacons et de tampons.

— Inspecteur...

— ... Lamar.

— Oui, c'est ça ; inspecteur Lamar, vous savez sûrement qu'aujourd'hui les voyous soucieux de brouiller les pistes liment le numéro de série de leurs armes pour qu'on ne remonte pas leur piste. Ils espèrent ainsi nous empêcher de retracer le parcours d'un pistolet ou autre. Bien, en réalité, ça fait quelques années que nous avons les moyens scientifiques de révéler ces numéros oblitérés. Un procédé vieux mais toujours aussi efficace consiste en l'action combinée d'un polissage de surface et d'une attaque acide.

— Vous avez identifié la provenance de l'Uzi ?

Constatant que son interlocuteur allait droit au but, Gavensoort sauta l'étape explicative pour en arriver aux faits :

— Non. Le numéro de série a été limé, fondu, probablement à l'aide d'un chalumeau très fin qui n'a pas endommagé le reste de l'arme. Le tout si profondément que le fond de gravure a disparu.

Lamar se frotta le menton.

— Ça demande des outils très particuliers ?

— Pas vraiment... Plombiers, pompiers, garagistes, la liste des métiers utilisant ce matériel est longue.

— J'ai peine à imaginer Russell Rod, le tireur, un adolescent de dix-sept ans, s'embarrasser à ce point pour éliminer un numéro de série.

— Les gangs bien organisés peuvent le faire, contra le professeur.

— D'après ce qu'on m'a dit, Russell n'était pas un élève modèle, cela dit il ne fréquentait pas de gang.

Gavensoort secoua les épaules.

— Ça, c'est votre problème, moi, je fais parler les éléments purement techniques. Mais j'ai autre chose qui peut vous intéresser, ajouta-t-il aussitôt en désignant deux pistolets.

Lamar ne se souvenait pas qu'on ait trouvé d'autres armes sur place au lycée ou même chez Russell Rod.

— Ces deux semi-automatiques-là ont servi dans l'attaque du lycée dans le Queens la semaine dernière. C'est moi qui ai fait l'expertise également.

— Et ?

Gavensoort fixa l'inspecteur pour faire durer son petit effet.

— Les numéros de série ont été effacés exactement de la même manière que pour l'Uzi, expliqua-t-il enfin. Donc un lien existe entre ces deux assauts. Qui et pourquoi, ça c'est votre job. Mon rapport est sur la table à l'entrée. J'en envoie un double aux détectives du Queens.

Lamar ouvrit la bouche pour exprimer son étonnement lorsque son téléphone portable sonna. Il le décrocha et reconnut la voix tranchante de Doris :

— Lamar, il faut que tu fonces dans le Lower East Side tout de suite.

Elle semblait paniquée.

— Pourquoi ? Qu'est-ce qu'il y a, Doris ? Tu m'as l'air...

— ... Il y a eu une autre tuerie, Lamar. Un lycée...

Le lycée était tout proche du pont Williamsburg, un quartier rendu bruyant par la circulation ininterrompue. Trois voitures de police stationnaient devant l'entrée principale, gyrophares encore actifs, tandis qu'un policier en uniforme bouclait l'accès au secteur par l'installation d'un ruban jaune et noir.

Lamar entra dans le hall qui ressemblait étrangement à celui du lycée de Harlem, et fut accueillit par des hurlements et des pleurs. Les premiers secours s'affairaient au-dessus de corps inertes, leurs chaussures dérapant dans les mares de sang. Des dizaines d'empreintes de semelles rouges zébraient le sol de la grande salle.

Lamar attrapa un officier qui passait à portée de voix :

— Inspecteur Lamar, annonça-t-il. Que sait-on du tireur ? Encore présent ?

L'officier, une femme de type hispanique, secoua la tête :

— Non, d'après les témoins il est sorti par-derrière, vers le petit parc, des voitures à nous patrouillent le secteur à sa recherche. Les premiers témoins du massacre l'ont décrit comme étant de taille moyenne, en jean bleu et parka noire avec capuche. Rien de plus précis pour l'heure.

Lamar la remercia et reporta ces maigres données sur son calepin. La petite Doris fit son entrée à ce moment-là, les yeux grands ouverts, fouillant chaque recoin du regard.

— Doris, collecte les premiers éléments, je sors, le tireur pourrait être dans le coin.

Elle approuva d'un signe rapide du menton tandis que Lamar bondissait vers un long couloir au bout duquel il apercevait la sortie de derrière.

Un parc constitué d'allées étroites et d'arbustes chétifs courait de l'autre côté de la rue, entouré de barres d'immeubles gris et bruns.

Lamar s'engouffra dans l'allée la plus proche et sortit son arme. C'était l'aspect de son métier qu'il aimait le moins. Traquer un suspect. Peut-être parce que sa taille faisait de lui une cible facile, il ne s'était jamais senti à son aise dans ces manœuvres. Il préférait l'exercice d'observation, d'interrogation, de déduction.

Son Walter P99 contre la cuisse, Lamar avançait parmi les allées humides, il dépassa un banc, une fontaine, et atteignit un carrefour où plusieurs chemins s'enfonçaient dans le parc. Ce dernier n'était pas très étendu mais disposait de plusieurs accès par lesquels le tireur pouvait très bien s'être enfui depuis longtemps. Lamar se détendit un peu.

Ne te déconcentre pas ! C'est pas le moment.

Les accidents arrivaient comme ça.

Il opta pour le chemin de gauche mais se ravisa en captant un éclat scintillant sur la pelouse en face de lui. Il s'approcha pour découvrir une douille brillante. Lamar allait se pencher pour l'examiner de plus près mais s'en empêcha au dernier moment. Il serra la crosse de son arme. Il était déjà accroupi et, sans se redresser, il balaya les alentours.

Il avait le sentiment d'être observé.

La peur engendre la peur...

Il suffisait de se croire observé pour avoir la certitude que c'était vrai, c'était une réaction de l'imaginaire. Il devait remobiliser son attention.

Plusieurs fourrés l'entouraient. Un était plus gros que les autres, un peu en avant. Lamar se releva et s'en approcha tout doucement, l'index prêt à appuyer sur la détente pour faire feu. Le fourré en question était parfaitement taillé, trois flancs qui formaient un U et une ouverture sur le côté ; Lamar s'en approchait de plus en plus sans parvenir à distinguer ce qui s'y trouvait.

Une tache obscure commença à apparaître à travers les branches et les feuilles persistantes. Il y avait quelque chose.

Lamar tendit devant lui le Walter P99.

Le géant noir fit un petit bond pour se poster face à l'ouverture, prêt à tirer et à se jeter sur le côté.

Le bosquet était taillé ainsi de manière à faciliter un accès technique de la voirie. La tache que Lamar avait aperçue était une borne d'eau probablement utilisée par les jardiniers. À côté se trouvait une trappe à double battant en acier. Un minuscule écriteau en interdisait l'entrée à toute personne non autorisée.

Lamar sortit de la poche de son anorak informe une petite lampe torche qu'il coinça sous son bras armé avant de soulever la trappe de l'autre.

Une échelle permettait d'accéder trois mètres plus bas au sous-sol, dans l'obscurité.

Lamar serra les dents. Il détestait ce genre de situation.

De toute façon, même s'il réclamait de l'aide, il faudrait bien qu'un homme descende le premier. Lamar se pencha pour éclairer la pièce en contrebas. Il n'y vit rien de particulier. Il cala sa minilampe entre ses dents et s'aventura sur les barreaux en métal. Pas à pas, il disparut de la surface pour s'enfoncer dans le ventre de la ville.

Il toucha le sol en soufflant.

Aucune détonation n'était venue l'accueillir. Il fit un tour complet sur lui-même pour s'assurer néanmoins qu'il n'y avait pas de danger immédiat.

Plusieurs canalisations et leurs molettes sourdaient des angles par terre ou des murs pour grimper vers la surface. Une porte fermée par une chaîne et un vieux cadenas brisé occupait un autre pan. Puis Lamar trouva le tireur fou.

Il était juste là.

Face à lui.

L'observant sans ciller. Son arme luisant dans la faible clarté de la lampe torche.

4

Lamar sortit de la pièce enterrée en expirant longuement.

Il attrapa son téléphone portable et appela Doris.

— Je l'ai trouvé, dit-il dès qu'elle décrocha. Il s'est tiré une balle sous le menton. Sa cervelle est collée au plafond.

Quelques minutes plus tard, le parc était à son tour fermé au public et l'équipe du médecin légiste remontait le corps dans une housse noire.

Lamar retrouva Doris un peu à l'écart, loin du ballet des ambulances et des journalistes.

— Premières constatations ? demanda-t-il.

— Personne ne l'a identifié pour le moment, sauf un gamin qui affirme qu'il pourrait s'agir d'un certain Mike Simmons, à cause des vêtements du tireur, en particulier de sa parka noire, mais il n'a pas pu le reconnaître formellement.

Lamar se frotta énergiquement le visage de ses gigantesques mains.

— Qu'est-ce qui se passe, Lamar ? Trois lycées en trois semaines. Trois gamins qui pètent les plombs et qui flinguent leurs potes avant de s'en mettre une en pleine tête ! Tu ne trouves pas ça alarmant ? C'est quoi ? L'overdose généralisée des consoles de jeu, cette fois ?

— Non, fit-il, énigmatique.

Doris ouvrit les mains devant elle, son carnet et son stylo entre les doigts. Sa frange blonde s'agitait dans le vent. Elle s'était maquillé les yeux, remarqua Lamar. Son rouge à lèvres en revanche s'estompait. Elle était toute petite. Minuscule.

— Alors quoi ? insista-t-elle.

Lamar planta ses yeux noirs dans ceux de sa partenaire.

— Je crois qu'il y a un lien entre tous ces jeunes. Je veux dire : entre les tireurs.

Doris fronça les sourcils.

— Avant de remonter, j'ai vérifié l'arme utilisée par ce gamin, dit-il en désignant la housse mortuaire. Le numéro de série a été effacé exactement comme pour les armes qui ont servi dans les deux autres tueries.

— Lamar, tu n'aurais pas dû toucher à...

— Peu importe, de toute façon on n'y trouvera rien de plus que sur les précédentes, j'en suis sûr.

Il se mordilla nerveusement la lèvre.

— Il y a un truc qui ne tourne pas rond, lâcha-t-il.

— Tu penses à quoi ? Que ces trois ados se connaissaient ?

— Aucune idée pour l'instant. Mais on va vérifier ça. Si les choses continuent ainsi, on a moins d'une semaine avant le prochain carnage.

Avant qu'il ne s'éloigne, Doris posa une main sur la manche de son collègue.

— Tu ne crois tout de même pas qu'il s'agit... d'une sorte d'épidémie...

— C'est pas le mot que j'aurais employé. Mais j'ai peur d'une chose : que ça ne s'arrête pas là.

— C'est impossible, enfin, ils se suicident et...

— Prends ça comme un pressentiment, alors. Dis, je voudrais que tu enquêtes ici : demande aux élèves s'ils connaissent cette pièce souterraine, pousse-les un peu, je veux qu'ils te parlent.

— Et toi ? Que vas-tu faire ?

— Comprendre. Comment trois adolescents sans casier, sans histoire particulière, se procurent des armes qui sont toutes passées entre les mêmes mains avant d'aller flinguer leurs copains par un beau matin d'automne.

Lamar démarra sa Pontiac, son téléphone portable coincé entre l'oreille et l'épaule.

— Doug, peux-tu me rendre un service ? demandat-il. Sors-moi les noms de tous les types qui ont l'habitude de trafiquer des armes à feu, les maquilleurs, les revendeurs, tout ce que tu as. Appelle l'ATF[1] s'il faut. Et si tu en trouves qui ont des antécédents psychiatriques, mets-les-moi sur le dessus de la pile, je te revaudrai ça.

La voix rocailleuse de Douglas répondit dans l'écouteur, assourdie par l'éternelle fumée de cigarette qui auréolait ses lèvres :

— C'est pour la tuerie du lycée ? T'as une piste ?

— À défaut d'en avoir, je vais m'assurer d'avoir tout essayé. On se tient au courant.

Lamar raccrocha en tournant dans Clinton Street. L'épidémie de folie meurtrière chez les adolescents évoquée par Doris lui semblait impossible. Il ne voyait aucune explication rationnelle à pareille théorie.

En revanche, le court délai entre chaque massacre,

1. *Bureau of Arms, Tobacco and Fire* : Service fédéral d'enquête sur les trafics d'armes, de tabac et sur les incendies.

le passé sans histoire des criminels et les similitudes dans les armes utilisées laissaient à penser qu'il pouvait y avoir un lien entre eux. Un rapprochement osé, mais cohérent, lui.

Une personne agissait dans l'ombre de ces adolescents. Une personne capable de se procurer des armes correctement maquillées, et très habile pour manipuler des garçons un peu sensibles.

Sur le coup, Lamar avait songé à un éducateur, ou à un professeur. Quelqu'un au contact des adolescents, qui sait comment leur parler, comment les mettre sous son joug. À présent le géant noir n'en était plus tout à fait sûr. Manipuler un adolescent pour l'amener à ouvrir le feu sur ses camarades de classe avant de se suicider était un « sinistre exploit ». Une tâche improbable qui devait nécessiter des moyens, une force de persuasion et un charisme hors du commun. Bref, un homme à part. Qui pouvait avoir réussi une chose pareille ?

Trois fois de suite !

La théorie de Lamar ne tenait pas vraiment debout. Pourtant il ne pouvait se résoudre à l'ignorer. Il y avait un lien entre ces trois gamins suicidaires. Rien que leurs armes en était la preuve. Toutes réduites à l'anonymat selon la même méthode. Ça ne pouvait être une coïncidence.

Lamar savait que la réalité était loin de ressembler aux romans ou aux séries de télévision. La plupart des gens ne se donnaient pas tout le mal qu'on croyait pour dissimuler leurs crimes. Dans la réalité, peu de gens savaient qu'une arme à feu étudiée par la police pouvait raconter toute une histoire et permettre de remonter jusqu'à son dernier possesseur. Une arme à feu est construite et archivée selon son numéro de série, lorsqu'elle est vendue, son propriétaire est associé à ce numéro. S'il la revend, le nouveau propriétaire est fiché à son tour et ainsi de suite. Dans la majeure partie des investigations criminelles, l'arme utilisée, une fois retrouvée, permet de remonter jusqu'à son propriétaire direct. S'il n'est pas celui qui a commis le crime, s'il a prêté son arme ou l'a revendue illégalement, un interrogatoire minutieux aide en général à avoir les renseignements nécessaires pour identifier le dernier possesseur de l'arme en question.

Rompus à ces méthodes de police, les criminels les plus chevronnés et organisés finissent par acheter leurs armes — contrairement à l'idée qu'on s'en fait, il est facile d'acheter une arme aux États-Unis mais plus délicat d'en trouver une illégalement, et dans ces cas de figure, on risque toujours d'être *balancé* — et ils tentent d'oblitérer le numéro d'identification de ces armes, en les limant ou en les martelant. Cependant, les techniques de la police scientifique sont capables en général de dégrossir l'ouvrage destructeur et de retrouver le fond de gravure qui révèle le précieux numéro.

De tout cela, Lamar pouvait déduire un élément intéressant pour son enquête : celui ou celle qui avait fourni les armes aux adolescents était un vieux briscard du crime, il en connaissait un rayon, et se tenait au courant. Il était certainement connu des services de police, probablement lié à des affaires de trafic d'armes.

Quelque part dans les fichiers de la police un homme était répertorié qui pouvait être responsable de ces carnages. Ou au moins conduire Lamar au responsable.

Lamar avait rejoint First Avenue et dépassa la tour des Nations unies, en direction du nord : Harlem.

Il reprit son téléphone portable pour appeler le professeur Gavensoort.

— Professeur, commença-t-il, inspecteur Lamar. Je voudrais vous demander : il y avait des empreintes digitales sur les armes. Vous en avez relevé ?

— Oui, inspecteur. Et après comparaison, rien d'anormal, il s'agit dans les deux cas de celles du tireur. Vous le sauriez si vous aviez lu mon rapport.

— Merci, je voulais en être sûr.

Il raccrocha sèchement, s'épargnant les commentaires du vieil expert.

Ils n'avaient rien.

Trois tueurs suicidés.

Et pourtant un lien entre eux. Leurs armes.

Lamar serra le volant entre ses doigts immenses.

Il fallait faire vite. Il en était certain.

Trouver une piste. Comprendre ce qui se passait réellement dans l'ombre de ces assassins mineurs.

Car tout ça n'était pas normal, Lamar était prêt à le parier.

Un obscur secret se tramait derrière tout ça.

5

Le lycée Village Academy avait rouvert ses portes, les élèves foulant à nouveau le pavé et les linos de cette scène de crime. Lorsque Lamar s'approcha de l'entrée, à l'heure du déjeuner, il s'étonna de lire ces sourires et ces rires sur les visages juvéniles. La force de l'adolescence, chaque matin, est une nouvelle aube, indépendante de la veille. Lamar se perdit un instant à envisager l'âge adulte comme une vision linéaire et discontinue de son propre temps tandis qu'enfant le temps était fragmenté, compartimenté. Faire cette transition conduisait à l'âge de raison.

Lamar bifurqua à droite dans le grand hall, vers la loge du gardien, un grand quadragénaire très sec. Ses cheveux étaient coupés si court qu'il paraissait chauve de loin. Lamar s'était déjà fait la réflexion la première fois qu'il l'avait vu, à peine trois semaines plus tôt, le gardien se tenait si droit qu'il semblait à peine sorti de l'armée.

— Bonjour...

Lamar tendait l'index devant lui, les yeux plissés en signe d'effort mental.

— Quincey. Frank Quincey. Qu'est-ce que je peux faire pour vous, inspecteur ?

— Vous connaissez les gamins ? Vous êtes là tout le temps...

Quincey fit la moue.

— À force, je finis par les identifier, c'est sûr. Pourquoi ?

— Russell Rod, le tireur, vous l'aviez « identifié » ?

— Oh, lui, oui ! Une bonne petite tête. Vous savez, les élèves ici sont plutôt sympathiques, ils viennent me voir de temps à autre lorsqu'ils s'ennuient pendant les pauses. Le répétez pas à McLogan, le directeur, mais les gosses viennent me demander une cigarette de temps en temps. J'essaie de pas leur en donner, mais quand ils sont vraiment gentils, c'est pas évident.

— Qu'est-ce que vous entendez par « gentils » ?

— Vous savez... Ils discutent, ils me disent bonjour lorsqu'ils me croisent. Pour beaucoup, le gardien, c'est le type en blouse bleue qui entretient l'immeuble, à peine plus qu'un fantôme. Mais y en a qui sont agréables. Ils m'offrent même des chocolats pour Noël !

— Et Russell ?

— Oh... Plutôt discret. Pas le genre bagarreur. Tout le temps habillé avec des tee-shirts de hard rock, de groupes de metal. Et puis avec des pantalons de l'armée. Je sais pas trop ce qu'il faisait, il était pas du genre à traîner en groupe, un solitaire. Mais j'ai jamais eu de problèmes avec lui. Il ne se battait pas, ne dégradait pas les locaux, rien de tout ça.

Lamar se gratta le menton en réfléchissant. Ce qu'il savait des adolescents meurtriers correspondait assez bien à ce portrait. Des garçons solitaires, souvent sans histoires. Ils accumulent la pression comme des Cocotte-Minute, avant d'exploser.

— Il n'avait pas d'amis dans l'établissement ? insista l'inspecteur.

— Pas que je sache. Cela dit, je les surveille pas non plus toute la sainte journée ! Russell, je l'ai remarqué justement parce qu'il était souvent assis tout seul, avec son casque de musique sur les oreilles. J'ai même été discuter de temps en temps avec lui mais il causait pas.

Une ombre se dessina sur le sol de la petite pièce.

Allistair McLogan était sur le seuil.

— Inspecteur ? s'étonna-t-il. Qu'est-ce que vous faites là ?

Lamar haussa les sourcils.

— Mon boulot !

— Oui, je vois ça. Eh bien, dorénavant, j'apprécierais que vous passiez par mon bureau avant d'interroger le personnel.

Lamar se froissa, davantage à cause du ton hautain du proviseur que de son excès d'autorité.

— Pourquoi ça ? L'établissement doit être « briefé » avant mes venues ?

McLogan secoua farouchement la tête :

— Bien sûr que non ! Cependant, j'aime savoir ce qui se passe sous le toit dont j'ai la responsabilité. Et cette enquête, elle avance ?

— Elle suit son cours, esquiva Lamar. Puisque vous êtes là, que pouvez-vous me dire de Russell Rod ?

La moustache grise de McLogan se souleva.

— Rien de plus que ce que j'ai déjà dit. Un garçon sage. Je l'ai peu vu dans mon bureau, et toujours pour des raisons bénignes. Je redis ce que j'ai déjà affirmé : Russell Rod n'avait rien d'un déséquilibré. C'était imprévisible, ce qui s'est passé. Vous avez interrogé ses parents ?

— Un collègue à moi, oui.

— Vous feriez mieux d'y aller vous-même, ils vous diront la même chose ! Un garçon parfaitement normal. C'est incompréhensible, ce qui lui est passé par la tête.

Lamar prit une carte de visite dans son portefeuille et la déposa sur le bureau de Quincey.

— Si quoi que ce soit vous revient, précisa-t-il.

Le directeur voulut le raccompagner, mais Lamar le repoussa fermement d'un sourire déterminé et retrouva sa voiture dans l'air de plus en plus glacé. Les premières neiges n'allaient pas tarder.

Lamar devait avouer qu'il n'appréciait pas ce McLogan. L'homme aux cheveux blancs effondré le jour du massacre avait laissé place à un inquisiteur désireux de régner sur son école comme un roi sur ses terres. Il se protégeait, conclut l'inspecteur, c'était légitime. Les médias s'en étaient pris à lui, « le directeur qui n'a pas su voir la menace ».

Lamar rentra à son bureau pour éplucher les dossiers des trafiquants d'armes qu'on avait mis de côté pour lui.

L'informatisation des affaires criminelles avait cela de bon qu'il pouvait ainsi accéder aux rapports plus détaillés de certaines affaires. Il cherchait les méthodes employées par des receleurs notoires. Les premières heures de lecture se révélèrent infructueuses.

Une note de l'ATF tomba en fin d'après-midi, ils avaient dressé une liste de noms, une douzaine au total, des individus ayant déjà eu recours à un chalumeau pour faire disparaître des numéros de série sur des armes à feu.

Lamar passa les trois heures suivantes à « loger » ces suspects.

Six étaient encore en prison. Quatre n'avaient pas d'adresse fixe et sur les deux derniers un était décédé depuis un an et demi et l'autre avait quitté l'État pour aller en Floride six mois plus tôt.

Lamar soupira longuement.

Il rentra se coucher vers 22 heures pour une nuit de

sommeil sans rêves, et fut parmi les premiers au bureau le lendemain matin. Il fit un point avec Capparel en fin de matinée. Les trois suicides étaient confirmés. Des inspecteurs avaient interrogé les parents, des familles recomposées ou des mères seules dans les trois cas. Ils avaient fouillé les chambres.

Aucun lien n'existait.

Lamar insista auprès de Capparel sur la provenance similaire des armes utilisées, affirmant que la coïncidence était trop grande pour en être une. Capparel hésita puis donna son feu vert à Lamar pour qu'il creuse davantage dans cette direction.

Le géant, comme l'appelaient ses partenaires, ressortit du bureau pour l'heure du déjeuner, il croisa Doris dans les couloirs.

— Ah, je te cherchais, fit-elle. Je vais donner ça à Capparel, je t'en ai fait une copie. C'est mon rapport sur les élèves que j'ai interrogés hier.

— Ça donne quoi, en substance ?

— Rien de particulier, sinon qu'ils sont nombreux à connaître cette pièce en sous-sol. Ils allaient souvent s'y cacher pour fumer... probablement de la marijuana. On a identifié le cadavre du tireur, il s'agit bien de celui auquel on pensait, Michael Simmons. Un des élèves l'avait reconnu à ses vêtements.

— Et ?

— Et c'est tout pour l'instant.

Lamar acquiesça sombrement. Les choses n'allaient pas assez vite à son goût.

Doris lui proposa de se joindre à elle pour déjeuner et ils descendirent manger un plat de pâtes chaudes dans le petit restaurant en face de leur immeuble. Lamar parlait de l'enquête. Doris de sa soirée avec un homme. Chacun obsédé par son sujet.

Ils ressortirent vers 13 heures. Lamar allait traverser lorsque son portable sonna. C'était Gavensoort.

— Inspecteur ! J'ai quelque chose pour vous.

— Quoi donc ?

— Venez tout de suite, c'est très important.

— Mais dites-moi !

— Venez, je vous dis, je vais vous le montrer. Ça devrait vous plaire...

Lamar raccrocha en secouant la tête.

Les premiers flocons de neige se mirent alors à tomber.

6

La neige tombait depuis dix minutes, avec une intensité croissante. Les flocons étaient énormes, omniprésents sur l'horizon des rues de Manhattan.

Lamar Gallineo se fraya un chemin au travers de ce qui devenait un rideau cotonneux et disparut dans le parking souterrain d'un énorme building.

Il réapparut dans les étages, face au professeur Gavensoort qui portait toujours l'un des nombreux nœuds papillons de sa collection légendaire.

Gavensoort prit Lamar par la manche et le tira sans discuter au milieu d'une procession de couloirs vers une porte criblée de panneaux prévenant du danger et interdisant son accès à toute personne non habilitée. Ils pénétrèrent dans un petit stand de tir immaculé. Gavensoort entra dans l'armurerie le jouxtant et en ressortit avec un Desert Eagle à la main. Il tendit l'imposant pistolet à Lamar.

— Tenez, inspecteur.

— Qu'est-ce que...

— Allez, allez, prenez-le, et faites attention, il est chargé.

Lamar obtempéra et Gavensoort se procura deux casques et deux paires de lunettes pour qu'ils puissent se protéger.

— Vous allez me vider quelques balles vers la cible du fond, prévint le professeur en mettant son casque.

Lamar ne chercha plus à comprendre, il ajusta la protection sur ses tympans et se mit en position de tir. Il n'avait jamais ouvert le feu avec une arme aussi imposante. Il pressa la détente.

L'arme se souleva dans sa paume, elle cracha une gerbe de feu avec un bruit d'enfer. Lamar sentit l'impact du coup jusque dans son épaule. Ses oreilles sifflaient. Il avait omis de mettre des bouchons de mousse en plus du casque et il le regrettait.

Il n'avait pas touché la cible qui n'était pourtant qu'à dix mètres. Il appuya à nouveau.

Le canon vomit sa puissance infernale à quatre reprises encore.

Trois balles dans le carton blanc, dont deux dans l'abdomen de l'homme dessiné. Lamar avait été chanceux au regard de ses performances habituelles, et il le savait.

Gavensoort applaudissait mais Lamar ne s'en rendit compte qu'en se retournant pour lui tendre l'arme.

— Pas mal ! plaisanta le professeur. Alors, que pensez-vous de ce Desert Eagle ?

— Puissant.

Gavensoort dressa aussitôt son index dans sa direction.

— Voilà ! Le moindre tir est colossal, n'est-ce pas ?

Lamar acquiesça.

— Maintenant, venez avec moi.

Gavensoort l'entraîna vers son bureau, deux pièces plus loin. Il montra une petite boîte en plastique posée sur le sous-main.

Lamar la prit et la brandit devant ses yeux pour en examiner le contenu : un minuscule morceau d'étoffe froissé, pas plus grand qu'une pointe de stylo.

— J'ai trouvé ça coincé dans la fente où entre la détente.

— De quelle arme ? interrogea l'inspecteur.

— Le Desert Eagle dont s'est servi le jeune tireur dans le massacre d'hier.

— Qu'est-ce que c'est ? Vous avez pu identifier le prélèvement ?

Gavensoort se palpa la barbe, un rictus aux lèvres.

— C'est du cuir traité. Un bout de gant, en fait.

Les traits de Lamar se crispèrent, il était contrarié.

— De gant ? répéta-t-il.

— Oui. Si je vous ai prêté une de nos armes de collection pour tirer, c'est pour que vous réalisiez la puissance dégagée par le Desert Eagle à chaque coup de feu. Ce bout de gant ne serait pas resté coincé deux fois de suite. Il a été arraché au moment où la détente revenait se positionner. Si on avait pressé celle-ci une fois de plus, le morceau de cuir serait tombé. Or, c'est moi qui l'ai trouvé.

— Ce qui signifie quoi ? Que l'arme n'a plus été utilisée après avoir tiré... Pas très concluant.

Lorsqu'il ne suivait pas le raisonnement scientifique de ses confrères, Lamar aimait insister et se faire plus bête qu'il ne l'était.

— Inspecteur ! Ça veut dire que la dernière personne qui a actionné cette détente portait des gants !

Lamar hocha la tête. Logique.

— J'attends depuis ce matin le rapport du bureau du légiste, je l'ai eu en fin de matinée. Avec un colis scellé : la balle retrouvée qui a traversé la tête du « suicidé ». Je l'ai expertisée moi-même. C'est du .44 Magnum. Comme le Desert Eagle découvert dans la main du tireur.

— Mike Simmons, il s'appelait Mike Simmons. L'expertise confirme le suicide, donc.

— Justement, je n'ai pas dit ça ! Vous ne m'écoutez pas attentivement. Sachez deux choses, inspecteur : tout d'abord le Desert Eagle est plus couramment utilisé en .357 Magnum, le .44 est beaucoup plus rare ! Sans avoir encore procédé à la comparaison des sillons du canon sur la balle retrouvée, je peux dire sans grand risque d'erreur que c'est bien l'arme qui a servi à tirer dans le crâne de cet adolescent.

— La seconde ?

— C'est que, d'après le rapport du bureau du légiste, et vous allez pouvoir me le confirmer parce que vous étiez sur place, Mike Simmons, puisque c'est son nom, ne portait... pas de gants. Une explication ?

Lamar se tendit.

— Vous avez trouvé des empreintes sur le Desert Eagle ?

— Il m'a fallu attendre le relevé d'empreintes effectué par le légiste pour faire les comparaisons. Elles sont bonnes. Je veux dire que c'est bien celles de Mike Simmons qui sont sur l'arme.

Lamar recula jusqu'à poser une fesse sur le coin du bureau.

Mike Simmons était descendu dans cette pièce obscure avec son arsenal, il avait retourné le Desert Eagle contre lui avant de presser la détente, à main nue. Et pourtant, l'indice retrouvé coincé dans l'arme prouvait que le dernier à avoir actionné le semi-automatique portait des gants en cuir...

— Une explication ? insista Gavensoort.

— Pas pour l'instant, murmura Lamar en se redressant.

L'inspecteur ajouta d'une voix plus assurée :

— Mais je vais en trouver une.

Lorsque Lamar Gallineo sortit dans la rue au volant de son véhicule, un tapis blanc recouvrait le béton et la visibilité avait encore diminué. À ce rythme-là, on ne distinguerait bientôt plus les façades du trottoir opposé, songea-t-il.

Il pressa la touche 2 de son téléphone portable et le numéro de Doris se composa tout seul.

— Doris, c'est Lamar. Dis-moi, lorsque tu as pris les dépositions des élèves, hier, ont-ils mentionné l'apparence de Mike Simmons ?

— Plus ou moins. Ils n'ont pas vraiment fait attention à cela, ils étaient tous paniqués par ce qui se passait.

— Ont-ils parlé de gants ? Simmons portait-il des gants ?

— Je n'en sais rien. Tu sais, la plupart des gosses étaient en état de choc. Ils ne savaient même pas qui avait tiré sur eux avant que les médias ne donnent son nom !

— Comment ça ?

— Eh bien... dans le feu de l'action, ils n'ont pas vraiment fait attention. Un des leurs débarque un matin et se met à tirer sur tout le monde, ils ont paniqué, c'est tout. Au final, deux garçons ont permis de mettre rapidement un nom sur notre tireur, ils l'ont reconnu à ses vêtements, sa grande parka noire. Mais dans ce genre de situation tout le monde a cherché à courir ou à se cacher pour sauver sa peau, ils n'ont pas prêté attention aux détails ! Alors te dire si Simmons portait des gants, adresse-toi plutôt au bureau du légiste.

La réception était mauvaise et la voix de Doris était peu audible.

— J'ai déjà son rapport, ce qui m'intéresse, ce sont les témoignages de ceux qui étaient sur place.

— Je t'ai laissé une copie de ma synthèse ce midi, tout est dedans.

Il la remercia et raccrocha avant qu'ils ne soient coupés.

Tout ça prenait une tournure de plus en plus étrange. Il fallait tout reprendre depuis le début.

Lamar accéléra pour rentrer rapidement à son precinct sans pour autant prendre de risques inconsidérés sur les routes enneigées. Les voitures roulaient au pas, les phares allumés.

New York s'enfonçait peu à peu sous un manteau de poudre blanche.

Lorsqu'il arriva à son bureau avec deux gobelets de café chaud, Doris n'était pas dans le sien. Il s'installa et disposa tous les rapports en petites piles côte à côte devant lui. Analyse des laboratoires de toxicologie et de balistique, du légiste, ainsi que les différents procès-verbaux des officiers de police présents sur les lieux.

Lamar commença par la balistique du premier massacre.

Des comparaisons, des calibres, mais rien d'anormal.

Repensant à ce que Gavensoort venait de lui apprendre, Lamar passa aux fiches faites sur la scène de crime du parc, là où on avait trouvé le cadavre de Mike Simmons, le troisième suicidé. On n'avait pas découvert de paire de gants sur le sol, rien.

Lamar passa alors au rapport du légiste concernant Mike Simmons. Dans la liste des biens personnels figuraient ses vêtements et le détail de ce qui était dans ses poches. Un indice en particulier fit tiquer Lamar.

Une paire de gants.

En laine.

En laine !

Le gant qui avait été coincé par la détente du Desert Eagle était en cuir.

Quelque chose n'allait pas. Toute cette histoire

n'était pas celle que l'on croyait, Lamar en était désormais certain. Il fallait débusquer d'autres incohérences, remonter vers une *vraie* piste.

Il relut les témoignages des élèves du lycée dans Harlem.

Rien.

Le rapport de Doris.

Les élèves avaient tous paniqué. Ils n'avaient rien remarqué de spécial. Aucun ne parlait de gants. Ni n'affirmait ne pas en avoir vu sur les mains du tireur... Lamar s'enfonça dans son siège. Il faisait froid, la plupart des élèves portaient des gants.

Comme l'avait souligné Doris, bien des élèves ne savaient même pas qui ouvrait le feu sur eux. Un « type rapide » pour certains, une « ombre terrifiante » pour d'autres. D'après quelques recoupements, Mike Simmons avait rabattu la capuche de son sweet-shirt sur sa tête, cela lui avait donné une apparence plus effrayante pendant le massacre. Un être sans visage, anonyme.

Une silhouette de mort dont les pistolets remplaçaient la faux.

Lamar porta la main à son menton.

Il parcourut à nouveau ses dossiers.

Il trouva la liasse correspondant aux témoignages des élèves de Village Academy à Harlem.

Après trois minutes à éplucher pour la énième fois ces pages, il retrouva ce qu'il cherchait.

La description du tireur, Russell Rod.

Il portait sa capuche rabattue sur le visage.

Dans le dernier coin de son bureau, Lamar attrapa la copie de l'enquête du Queens. Il vérifia les dépositions des témoins.

Le tireur avait également une capuche.

Les trois garçons avaient des armes de même provenance.

Le même passé sans histoires.

Ils avaient ouvert le feu sur leurs camarades le matin, trois adolescents en trois semaines.

Et ils arboraient tous une capuche pour se masquer, pour prendre une apparence plus mystérieuse, plus inquiétante.

À ce point-là, il ne pouvait plus y avoir de hasard.

On les avait manipulés.

Quelqu'un se jouait de ces garçons.

Lamar se massa les tempes de ses doigts de colosse. C'était incroyable. À ne plus rien comprendre.

Qui pouvait avoir autant d'influence sur des garçons tranquilles ?

Les trois tireurs avaient le même profil : des solitaires.

Des cibles plus faciles.

Qui ?

Lamar serra le poing.

Qui ?

Ses prunelles se promenèrent sur les notes. Les phrases se mélangeaient.

Les noms des témoins et leur âge précédaient les guillemets ouvrant sur leurs dépositions.

Lamar revoyait certains visages.

Les phrases s'étiraient sous ses yeux.

Puis il se souvint de son arrivée sur les lieux du premier carnage.

Les voix qui se couvraient toutes, les gémissements. Les flics avec lui.

Les premières informations qu'il avait reçues.

Des voix...

Lamar les entendait à nouveau.

Des mots...

Un officier de police s'adressa à lui dans ses souvenirs.

« ... *Et des témoins affirment avoir vu le tireur y entrer, le silence est retombé pendant une minute ou deux puis il y a eu une détonation supplémentaire, et plus rien ensuite.* »

Il se leva d'un bond et agrippa son anorak en se précipitant dans le couloir.

7

Lamar entra dans le hall du lycée Village Academy en milieu d'après-midi et bifurqua aussitôt vers la loge du gardien.

Frank Quincey était là, en train de bricoler une lampe de bureau.

— Inspecteur... du nouveau ?

— J'ai besoin d'une information sur un élève.

Quincey pencha la tête en arrière.

— Ah, là, c'est McLogan qu'il faut aller voir, moi j'ai pas ça.

— Je n'aime pas votre directeur, je préférerais éviter de passer par lui.

Quincey fit la grimace.

— Dans ce cas... ça va pas être simple. Vous voulez quoi ?

— Accéder au dossier scolaire d'un garçon ici.

Quincey fourragea dans ses cheveux courts en réfléchissant.

— Bon, j'ai peut-être une solution, venez avec moi.

Ils traversèrent le bâtiment pour entrer dans le bureau annexe à la bibliothèque. Une femme un peu ronde tapait sur le clavier de son ordinateur.

— Leslee, j'ai besoin de tes services. C'est pour monsieur, il est inspecteur de police.

Leslee leva les yeux longuement pour trouver le visage de ce géant tout en haut d'un corps sans fin.

— On a besoin d'accéder à un dossier scolaire de toute urgence.

— Mais c'est avec M. McLogan qu'il faut...

— Je sais, la coupa-t-il, il a pas le temps pour l'instant et c'est très urgent.

Elle secoua la tête pour manifester son embarras mais Lamar devina que c'était pour la forme.

— Il s'appelle comment, votre élève ? demanda-t-elle de sa voix de crécelle.

— Chris DeRoy, Christopher probablement.

— DeRoy, répéta-t-elle en tapant le nom. Attendez une minute...

Le portable de Lamar sonna. Il décrocha en découvrant le nom de Doris inscrit sur l'écran digital.

— Lamar, ça va ? On m'a dit que tu avais quitté le bureau en courant !

— Oui, je suis au lycée de Harlem. Je vérifie une information.

— Quoi donc ?

Lamar recula et entra dans la bibliothèque déserte pour pouvoir s'exprimer à l'abri des curiosités.

— Un détail qui me chagrine, fit-il, énigmatique.

— Parle ! Qu'est-ce qu'il y a ?

Lamar prit son inspiration pour se lancer.

— Un détail dont je me suis souvenu. Quand je suis arrivé sur la scène du crime, les flics m'ont dit que le tireur était encore là. D'après des témoins, il était entré dans un placard qui ne s'ouvre que de l'extérieur. Il se serait écoulé une ou deux minutes avant que la détonation ne survienne.

— Oui. Pour l'instant, je ne vois pas ce qui cloche... Russell Rod a eu besoin de rassembler ses forces après ce qu'il venait de commettre pour se tirer une balle dans la tête.

— Sauf qu'on a un témoin qui a assisté au suicide ! Chris DeRoy. Il a eu si peur qu'il s'est chié dessus. Et il a vu Russell se tirer une balle avant que le battant de la porte ne se referme !

— Et ?

— La porte n'a pas mis une à deux minutes pour se refermer ! Il y a une incohérence quelque part. Soit les témoins se sont trompés, il n'y a eu qu'une dizaine de secondes de silence avant le coup de feu, soit... DeRoy ment.

L'inspecteur vit la silhouette du directeur apparaître de l'autre côté d'une baie vitré. McLogan le fixait furieusement.

— Lamar, ne t'emballe pas, avertit Doris, dans les situations de troubles intenses, la notion de temps ne veut plus rien dire, et les gens se plantent souvent...

Lamar l'interrompit :

— Pas jusqu'à confondre une dizaine de secondes avec une à deux minutes !

Quincey apparut sur le seuil de la grande pièce.

— On a quelque chose, chuchota-t-il.

— Je dois te laisser, conclut Lamar en raccrochant. Il se précipita dans la pièce.

— Voilà ! J'ai un Christian DeRoy, annonça Leslee.

— C'est ça, confirma Lamar.

— Que voulez-vous savoir ?

Lamar se décala pour passer à côté d'elle et avoir accès à l'écran, ce qui sembla la gêner.

La porte s'ouvrit à la volée, McLogan entra comme un courant d'air.

— Vous vous fichez de moi, inspecteur ! Je vous ai dit que si vous aviez besoin de quoi que ce soit, vous deviez passer par moi !

Lamar sortit son badge de sa poche.

— Et vous, vous voyez ça ? Ça veut dire chacun

son job ! Le mien est de mener mon enquête comme il me semble. Le vôtre, compte tenu de la situation, c'est de me foutre la paix pour que j'arrête les coupables de ce massacre.

McLogan devint tout rouge, ce qui contrasta avec ses cheveux blancs et sa moustache grise.

— Ne me parlez par sur ce ton ! vociféra-t-il. Et le coupable s'est... suicidé ! Vous n'avez plus rien à faire ici !

Lamar se pencha vers Leslee.

— J'ai besoin de connaître sa classe, savoir où il est à cette heure. Et son adresse, tant qu'on y est.

Leslee leva des yeux catastrophés vers lui.

— Euh... Je...

— Vous ne voulez pas d'ennuis avec la police, Leslee ? avertit Lamar d'un ton ferme.

Elle déglutit en regardant tour à tour Lamar et McLogan, qui fulminait.

— Je vous rappelle que quatorze personnes sont mortes, lança cruellement Lamar.

Il vit les larmes remplir les yeux de la bibliothécaire.

Leslee passa sur un onglet « Informations personnelles ».

— Voici son adresse, dans la 122ᵉ Rue, tout près d'ici.

Lamar la recopia dans son carnet et il allait lui indiquer l'onglet « Classe et bilans de l'élève » lorsqu'il arrêta son geste.

Les données inscrites sous la mention « Parcours scolaire » provoquèrent un frisson glacé le long de son échine.

Christian DeRoy avait fréquenté cinq écoles différentes ces dernières années. Tout le temps renvoyé pour son comportement.

La première sur la liste était celle qui s'était fait attaquer dans le Queens.

— Descendez un peu, s'il vous plaît, commanda-t-il.

La suivante était celle près du pont de Williamsburg.

— Un problème, inspecteur ? s'alarma Quincey en voyant la mine défaite du grand Noir.

Lamar pointa son index sur l'écran.

— Dans quelle classe se trouve Chris DeRoy en ce moment ?

McLogan soupirait bruyamment.

— Vos supérieurs vont en entendre parler ! menaça-t-il.

Leslee fouilla dans le dossier pour trouver son emploi du temps. Elle ouvrit la bouche pour donner le numéro de la salle mais ses traits se figèrent.

— Quoi ?

— Ah, eh bien, il n'est pas en cours. Nous avons reçu une lettre d'un psychologue qui le traite depuis... la tragédie qui s'est produite ici il y a trois semaines, lut-elle en portant une main à son cœur. Christian DeRoy souffre de stress post-traumatique et n'est toujours pas apte à reprendre les cours.

Elle redressa la tête en entendant une soudaine agitation.

Tout ce qu'elle vit fut le dos de l'inspecteur disparaître à toute vitesse.

Lamar s'était mis à courir.

8

La Pontiac dérapa dans la neige et l'arrière se mit à chasser, Lamar retrouva le contrôle en gardant son sang-froid et décida de ralentir.

Les flocons continuaient de tomber par millions.

Les rues étaient entièrement molletonnées et les immeubles revêtaient tous des bonnets blancs.

Lamar appela Doris une fois de plus.

— Doris, j'ai besoin de toi, s'efforça-t-il de dire sans précipitation en tenant son téléphone portable coincé entre son épaule et son oreille. Rejoins-moi le plus vite possible au 158 Est de la 122e Rue, je crois que j'ai notre homme.

— Quoi ? Qu'est-ce que tu racontes ?

— C'est le gamin qui était dans le placard avec Russell Rod, c'est lui, Doris.

— Lui qui quoi ? Calme-toi et explique-moi tout.

— Il a menti. Il a dit qu'il avait vu Russell Rod entrer et se tirer une balle dans la tête juste avant que la porte ne se referme automatiquement. C'est faux. DeRoy est un gamin perturbé, il a fréquenté cinq écoles différentes ces dernières années, il s'est fait renvoyer chaque fois. Et trois de ces écoles sont celles qui se sont fait attaquer ! C'est lui qui a été dans chacune pour ouvrir le feu ! Russell Rod, le garçon du Queens et Mike Simmons, sont également des victimes, ils ne sont pas les tireurs !

— Quoi ? C'est lui qui aurait... Mais comment c'est possible ?

— La capuche, Doris ! La capuche ! Les trois tireurs portaient une capuche pour masquer leurs traits ! Les très rares témoins qui pensent avoir reconnu le tireur chaque fois se sont basés sur les vêtements du tireur ! DeRoy portait leurs vêtements ! C'est pour ça que chaque fois les tireurs présumés ne se suicidaient pas devant tout le monde.

Lamar freina brusquement en remarquant au dernier moment un feu rouge.

La Pontiac dérapa à nouveau et glissa jusqu'au milieu du carrefour.

Deux camionnettes se mirent à klaxonner. Lamar continuait son exposé tout en reculant lentement :

— Chris DeRoy est un malade ingénieux. Il s'est fait passer pour la victime afin de flinguer ses camarades et les professeurs, puis il s'est isolé là où l'attendait déjà celui dont il avait endossé l'identité. Il échangeait ses vêtements avant de lui tirer une balle dans la tête.

— Ça tient debout...

— Bien sûr ! La première fois, dans le lycée de Harlem, il est venu tôt le matin avec Russell Rod, il l'a fait entrer dans le réduit avant d'aller tirer sur tout le monde dans les vêtements de Russell. Lorsqu'il a eu fini, il est retourné dans le placard, il a échangé les fringues, ce qui explique le délai d'une à deux minutes avant le coup de feu !

— Machiavélique...

— Doris, dépêche-toi de me rejoindre, je ne veux pas appeler les flics du quartier, avec un gamin comme DeRoy je ne garantis pas sa réaction s'il voit des voitures de police s'arrêter en trombe devant sa porte.

— Je suis déjà en route, Lamar.

Les essuie-glaces balayaient la pellicule qui s'amoncelait progressivement sur le pare-brise de la Pontiac. Lamar attendait depuis dix minutes en surveillant une maison mitoyenne de trois étages dont l'un des appartements hébergeait Chris DeRoy et ses parents.

Doris apparut sur le trottoir, accompagnée d'un homme de type portoricain, trapu et arborant une moustache fournie. Lamar sortit à leur rencontre.

— J'ai trouvé Damato qui dormait sur un coin de table, précisa Doris en arrivant.

— C'est la maison en face, là-bas. Doris, tu viens avec moi, on prend la porte d'entrée, Damato, tu fais le tour, pour le cas où il tenterait de sortir par-derrière. On te laisse deux minutes pour que tu ailles te mettre en place.

Damato approuva et disparut au pas de course, laissant derrière lui des empreintes de pas dans la neige recouvrant les trottoirs.

Pour patienter, Doris tenta de trouver des failles dans l'argumentation pourtant convaincante de son collègue :

— Comment expliques-tu que Chris DeRoy ait réussi à faire venir Russell Rod plus tôt un matin avec lui jusque dans ce placard, puis plus tard Mike Simmons jusque dans cette pièce en sous-sol ?

— C'est pas les prétextes qui auront manqué. Une surprise, une blague, la promesse d'une connerie amusante à faire, je ne sais pas.

— Mais on n'a retrouvé aucune trace suspecte dans l'analyse toxicologique, il ne les a pas drogués pour les faire rester là pendant qu'il allait tuer tout le monde ! Ils n'avaient aucune trace de lésion aux poignets non plus, ils n'étaient pas attachés.

Lamar fixa sa partenaire.

Il joignit l'index et le majeur en forme de pistolet et fit mine de se tirer une balle dans la tête. Il avait pensé à tout. Et derrière chaque question qui lui était venue, une réponse cohérente s'était rapidement profilée.

— Il les a d'abord assommés d'un bon coup sur le crâne, révéla-t-il. Puis il est parti avec leurs vêtements — le choix de ces garçons devait dépendre à la fois de leur côté solitaire, donc cible plus facile, et aussi de leur taille similaire à la sienne — pour semer la mort. Lorsqu'il est revenu, il a tiré une balle de gros calibre là où il avait cogné pour les assommer, détruisant par la même occasion la preuve des coups portés cinq minutes auparavant. Tout concorde. La première fois, ici à Harlem, il est venu tôt avec Russell Rod pour l'entraîner dans ce placard. Il lui a mis un ou plusieurs coups de crosse sur l'arrière du crâne, exactement là où il a tiré la balle plus tard pour le tuer. Ensuite il est descendu tout en bas, il a attendu qu'il y ait beaucoup de monde pour entamer sa remontée macabre. Une fois sa... « tâche » accomplie, il s'est réfugié dans le coin où je l'ai trouvé, simulant une terreur énorme en se faisant dessus.

Doris secouait la tête.

— Tout de même... C'est pas un peu tordu pour un gamin de dix-sept ans ?

Lamar se pencha vers elle.

— N'oublie pas qu'il s'est fait virer quatre fois ! C'est un... turbulent. S'il a ressassé sa soif de vengeance pendant des mois et des mois, il aura fini par élaborer ce stratagème perfide.

Lamar regarda sa montre.

— C'est bon, Damato doit être en place. C'est parti.

Ils gravirent les marches du perron jusqu'aux boîtes aux lettres.

« DeRoy », précisait une étiquette sur l'une d'entre elles. Appartement du premier étage.

Ils montèrent en silence jusqu'à l'unique porte du palier. Lamar frappa vigoureusement puis s'écarta un peu, Doris en fit autant, de l'autre côté du chambranle.

Une voix de femme résonna à l'intérieur :

— Qui est-ce ?

Doris fit signe à Lamar qu'elle s'en occupait.

— Police, madame ! dit-elle. Ouvrez immédiatement.

Le battant s'entrouvrit, retenu par une chaîne. Un visage bouffi apparut dans l'interstice. Doris leva son badge pour montrer sa carte de police pendant que Lamar avait la main dans le dos, prêt à faire jaillir son arme.

— Nous souhaiterions parler à Chris, c'est important.

Le visage rond sembla s'inquiéter.

— Qu'est-ce qu'il a fait ?

— Il est là, madame ? insista Doris.

Elle répondit par la négative.

— Il est sorti il y a vingt minutes.

— Vous a-t-il dit où il allait ?

— C'est pas son genre. Il avait un gros sac avec lui, m'est avis qu'il va pas rentrer cette nuit.

Lamar s'immisça dans la conversation :

— N'est-il pas censé se remettre du traumatisme qu'il a vécu ?

La mère répondit en postillonnant :

— Ça l'a secoué, c'est normal ! Mais il peut bien sortir, non ? Faut qu'il prenne l'air pour se requinquer.

Lamar se rapprocha du visage de la femme replète.

— Vous m'autoriseriez à entrer pour jeter un coup d'œil à sa chambre ?

Elle fut secouée de tressautements de colère.

— Ah, sûrement pas ! C'est chez moi ici !

Lamar n'insista pas et fit face à Doris qu'il entraîna un peu à l'écart.

— Sors prévenir Damato et trouve-moi un mandat de perquisition rapidement, exposa-t-il. Explique tout ça au juge, qu'il obtienne le dossier scolaire de Chris DeRoy, qu'il prévienne tout de suite la mairie et tout le NYPD. Il faut faire surveiller les deux autres écoles avant qu'il n'y frappe, on ne sait jamais.

Doris acquiesça et dévala les marches en sens inverse.

Lamar se retourna vers la porte entrouverte.

— Je vais attendre là que le mandat arrive, dit-il en désignant l'escalier.

La mère de l'adolescent fronça les sourcils, hésita, puis referma la porte.

Elle se rouvrit entièrement au bout de dix minutes.

La femme se tenait là, dans un jogging sale.

— Allez, entrez, puisque de toute façon c'est ce que vous ferez quand votre fichu papier arrivera...

Lamar se redressa et franchit le seuil d'un appartement mal entretenu, dont le papier peint se décollait des murs. L'unique objet témoignant d'une dépense conséquente était le téléviseur de grande taille, posé sur un meuble branlant face au sofa troué. Une série des années quatre-vingt passait à l'image, le son coupé.

— Sa chambre est au fond du couloir. Je vous laisse regarder mais ne touchez à rien ! Il me ferait un scandale s'il s'en rendait compte.

Lamar se garda bien d'expliquer qu'il était peu probable que son fils ait l'occasion de lui faire des remontrances et traversa un couloir sombre jusqu'à une porte décorée d'un poster du groupe Slayer.

La pièce était étroite et à l'image de tout le reste de l'habitation : crasseuse et en désordre. La couette était renversée par terre, au milieu de revues musicales et de CD gravés. Lamar fit un tour rapide de la chambre et s'immobilisa devant un placard ouvert. Des tee-shirts pliés étaient renversés sur le sol. Lamar se pencha pour distinguer ce qui brillait dans le fond du meuble.

Lorsqu'il comprit, son cœur s'était mis à battre plus fort.

Il avala sa salive.

Il fallait maintenant s'attendre au pire.

9

Plusieurs boîtes s'entassaient côte à côte.

Elles avaient été vidées précipitamment.

Il restait même quelques balles parmi les vêtements.

Lamar ramassa une cartouche. Du 9 mm.

Chris DeRoy avait pris de quoi tirer sur la moitié de tout Harlem. Comment s'était-il procuré autant de munitions ?

— Madame DeRoy ! appela l'inspecteur.

Elle arriva en traînant les pieds.

— Quoi ?

— Vous saviez que votre fils dispose de boîtes de balles dans sa chambre ?

Elle l'observa comme si elle cherchait ce qu'elle devait répondre.

— Bah... ça m'étonne pas, finit-elle par admettre. Il adore les armes. Il lit des tas de bouquins là-dessus.

Lamar regarda autour de lui, il fouilla du bout du pied parmi les magazines jonchant le sol.

— Je n'en vois aucun ici. Il les empruntait à la bibliothèque ?

— Ça, je sais pas. Faudra lui demander. Pourquoi ? Il a fait quoi encore ? Vous allez me dire...

— Votre fils dispose-t-il d'armes à feu ?

— J'en sais rien.

— Vous ne savez pas si Christian a des armes ?

Elle sembla désemparée.

— Non... Je sais qu'il aime bien ça. C'est tout. Je crois pas qu'il en ait, mais je pourrais pas jurer. Avec les fréquentations qu'il a.

— Qui voit-il ?

Elle tapa dans ses mains.

— Je connais pas leur nom, ça non, je pourrais juste vous dire que c'est pas des bons garçons avec les têtes qu'ils ont.

Lamar hésita.

— Vous voulez dire... commença-t-il, qu'ils sont... noirs ? C'est ça ?

— Ah non ! C'est pas du tout ça ! Au contraire, même. Ils sont plutôt du genre blanc et fiers de l'être. Limite militaires. Ils montent pas jusqu'ici mais ils se voient de temps en temps en bas, dans la cave.

— Vous avez une cave ?

— Oh, un petit bout. Chris aime bien s'y installer le soir quand il voit ses copains.

— Vous auriez la clé ?

Elle se renfrogna avant de hocher la tête.

— Venez.

Elle lui confia deux clés marron en lui indiquant comment descendre. Lamar sortit et trouva dehors, sous l'escalier du perron, une porte qu'il ouvrit avec la première clé.

Des marches s'enfonçaient en profondeur. Lamar tâtonna à la recherche d'un interrupteur qu'il finit par découvrir et actionner. Une ampoule nue éclaira un long couloir humide où quatre portes fermées de cadenas se succédaient. Lamar trouva celle qui lui avait été indiquée et s'en approcha, la main sur la crosse de son Walter P99. Malgré la fraîcheur du lieu, Lamar ne tarda pas à percevoir la sueur coulant dans son dos.

Le cadenas était fermé. Christian DeRoy ne pouvait être là.

L'inspecteur défit la sécurité et entra dans la cave qui sentait le renfermé. Il sortit la petite lampe torche de sa poche d'anorak et l'alluma pour balayer l'obscurité qui l'attendait.

Il vit tout d'abord des caisses en bois entassées pour faire des tabourets et une table. Des bougies fondues avaient coulé dessus. De vieux numéros de revues sur les armes s'empilaient par terre.

Le faisceau capta dans ses rayons des bouteilles de bière vides et des mégots écrasés.

Lamar remonta le cône de lumière d'un geste du poignet.

Il remarqua tout d'abord une affiche de propagande.

« La vermine noire et hispanique dehors ! »

Puis il dut reculer pour voir dans son ensemble l'immense drapeau qui était accroché contre le mur opposé.

Un étendard rouge sang énorme.

Avec un cercle blanc au milieu.

Et la croix gammée tournant en son centre.

10

Newton Capparel descendit de voiture et se précipita vers Lamar. À 18 heures la nuit était tombée, les lampadaires teintaient la neige jusqu'à la faire ressembler à une peau d'orange recouvrant tout le quartier.

— J'ai eu votre message ! dit-il aussitôt. Qu'est-ce que c'est que cette histoire ?

L'inspecteur s'écarta pour laisser passer Damato qui portait un carton d'objets saisis dans la chambre de Christian DeRoy. Plusieurs personnes se relayaient à l'intérieur pour fouiller les lieux et trier tout ce qui pouvait être intéressant.

Lamar répondit calmement :

— Les trois massacres dans les écoles sont une mise en scène. Comme je vous l'ai dit au téléphone : Chris DeRoy est l'unique tireur.

— Un gamin ?

— Fanatique de surcroît. Fasciste ou... néonazi, comme on dit. Et j'ai peur qu'il ne soit pas seul. Il a des camarades de jeu, semble-t-il. J'espère juste qu'il ne va pas les embarquer dans son parcours mortel.

Capparel désigna les trois inspecteurs occupés à fouiller l'appartement :

— Avant de vous permettre de donner l'ordre de

perquisitionner, j'aurais aimé être sollicité, Gallineo. Je vous en aurais dissuadé ! La planque était ce qu'il fallait faire, attendre que ce gosse rentre chez lui et non pas le faire fuir en occupant ostensiblement le quartier !

Lamar désigna les extrémités de la rue :

— Maddox et Rod sont postés de chaque côté, ils veillent avec une photo de Christian. Avec toute cette neige qui tombe et la nuit, il ne nous verra pas avant que nous ayons disparu.

— Six personnes ! Rien que ça. À l'heure du bilan, il faudra que nous parlions, tous les deux... Au lieu de mobiliser des inspecteurs qui perdent leur temps, je vais faire circuler une photo de cet ado à toutes les patrouilles du secteur. Ça nous sera bien plus utile !

Lamar le vit tourner immédiatement les talons pour ne pas laisser à son interlocuteur le temps de répondre et il s'engouffra dans son véhicule qu'il démarra furieusement.

Newton Capparel n'était pas l'instigateur de ce demi-succès et cela l'enrageait, comprit Lamar.

Il soupira et chercha Doris du regard. Elle venait de charger un carton supplémentaire dans la camionnette.

— Doris, je vais encore avoir besoin de toi.

— Ce que tu veux, grand chef.

Il tourna sur lui-même en désignant du menton tous les appartements qui donnaient sur la rue.

— Il faut interroger les riverains. Surtout les adolescents. Connaissent-ils Chris DeRoy ? Que savent-ils de lui ? Et surtout : sont-ils capables de citer les noms de ses fréquentations. Au moins un.

Elle approuva d'un air abattu.

— Y a du boulot, conclut-elle.

— Demande à Damato s'il peut t'aider. Je pense que sur ce coup-là on est prioritaires.

— Et toi ? Si tu te tires, c'est que tu as une idée en tête, non ?

Lamar lui fit un sourire.

— Je vais plonger dans un monde blanc, dit-il en écartant les mains devant lui pour savourer la neige. Un univers immaculé, pour des gens... « purs ».

Lamar rentra à son *precinct* et s'installa derrière son téléphone en se frottant les mains pour les réchauffer. Il devait vérifier plusieurs points.

Puisque sa théorie d'un tueur unique, Chris DeRoy, se confirmait, il devait être capable de l'appliquer aux trois tueries. Pour le lycée de Harlem, il avait tout vérifié, c'était bon.

Il prit le dossier du massacre dans le Queens.

Le tireur était vêtu d'une capuche qui masquait son visage mais plusieurs élèves pensaient avoir reconnu l'un des leurs grâce aux vêtements caractéristiques. Jusque-là, c'était la même méthode.

Le tireur en question avait fait feu avant de s'enfuir. La police l'avait identifié une heure plus tard en se basant sur les quelques témoins qui pensaient l'avoir reconnu grâce à la veste en jean et aux badges de hard rock qui la décoraient. On l'avait « suicidé » d'une balle dans le crâne.

Voilà comment Christian DeRoy s'était rapproché de sa victime : par une culture musicale commune. Il faudrait prendre soin de ne pas faire d'amalgame devant la presse, pour que celle-ci ne se mette pas à fustiger la culture gothique ou du metal en général. Le rap avait été une cible privilégiée dans les années quatre-vingt et les médias se plaisaient à changer, à trouver un bouc émissaire ou au moins à faire des rapprochements faciles.

Dans l'affaire du Queens, Chris DeRoy avait tiré avant de foncer chez sa victime qui l'attendait, probablement inconsciente. Là, il avait échangé les vêtements comme à son habitude, avant de le tuer en maquillant cela en suicide.

Pour le troisième massacre, il avait procédé de la même manière, avant d'aller dans cette pièce en sous-sol où se trouvait certainement Mike Simmons.

Lamar se souvint de cette porte avec une chaîne et un cadenas brisés. Le responsable de la voirie qui les avait rejoints plus tard avait expliqué qu'il s'agissait d'un accès aux égouts. Pour la maintenance. C'était écrit dans un des rapports que Lamar avait lus. La chaîne et le cadenas étaient partis aux laboratoires pour être examinés mais on n'avait reçu aucun résultat jusqu'à présent.

Lamar décrocha son combiné et composa le numéro de l'unité de police scientifique de Manhattan. Il passa par deux interlocuteurs différents avant que Kathy Osbom lui réponde enfin. Ils se connaissaient depuis douze ans, tous les deux étaient entrés dans la police en même temps.

Par chance, Kathy savait ce qu'il en était de cette chaîne et du cadenas, bien que son équipe ne s'en soit pas chargée personnellement, elle suivait l'affaire en temps réel. Pour l'heure, on n'avait procédé qu'à un relevé d'empreintes, sans obtenir quoi que ce soit d'intéressant. La suite prendrait encore du temps, néanmoins Kathy n'avait pas grand espoir, il ne fallait pas s'attendre à trouver des indices miracles.

Lamar lui demanda s'il était possible qu'un homme se soit enfui par cette issue tout en passant une main dans l'embrasure pour tirer sur la chaîne afin de refermer le battant derrière lui. Kathy avoua ne pas pouvoir répondre. C'était sûrement envisageable, mais il fallait faire le test pour s'en assurer.

73

Lamar la remercia et composa le numéro du FBI dans la foulée. Il passa directement par l'un des contacts qu'il avait chez les Fédéraux en se félicitant qu'il soit encore dans les locaux à l'heure du dîner.

Lamar lui expliqua qu'il avait besoin de lire les rapports du Bureau concernant les activistes néonazis de New York. Le FBI surveillait ce genre de militants, Lamar le savait, cela faisait partie de la lutte contre le terrorisme, surtout depuis l'affaire Timothy McVeigh[1]. Les critiques pleuvaient depuis quelque temps, reprochant aux Fédéraux d'orienter la lutte contre le terrorisme sur les seuls membres des communautés arabes, oubliant l'extrême droite du pays qui avait pourtant causé beaucoup de dégâts, mais Lamar savait qu'en réalité le FBI continuait d'alimenter ses dossiers régulièrement.

L'agent qu'il connaissait, Clark Fenton, lui assura qu'il allait lui faire parvenir ce qu'ils avaient le plus vite possible, et l'incita aussi à transmettre une demande générale à tous les precincts de New York, expliquant que, la plupart du temps, leurs propres informations remontaient en fait à ce que la police avait glané sur le terrain, au contact de la population.

Lamar passa les deux heures suivantes à contacter ses supérieurs hiérarchiques au central du NYPD pour obtenir une demande d'information ; il se heurta non pas à leur refus, mais à l'absence de la plupart. Il était presque 20 heures.

L'inspecteur dévorait un burrito lorsque le fax de la grande pièce se mit à cracher du papier.

Une circulaire informait tous les precincts de contacter Lamar Gallineo sans plus tarder s'ils avaient des

---

1. McVeigh, membre d'un groupe d'extrême droite, avait fait exploser un bâtiment à Oklahoma City le 19 avril 1995, faisant 168 morts.

informations récentes sur toute personne ou groupe de personnes suspectés d'être impliqués dans des activités ou une doctrine néonazies ou apparentées.

Son ordinateur émit un petit bip cristallin pour signaler l'arrivée d'un courriel.

Clark Fenton avait répondu.

— Synchronicité... murmura Lamar en ouvrant le dossier joint au courrier électronique.

Fenton lui avait fait parvenir une synthèse de ce qu'ils savaient des mouvements néonazis sur New York et ses environs.

Plusieurs petits groupes avaient été identifiés, et deux rassemblements importants, jugés « inquiétants », étaient soulignés.

Lamar lut les pages de compte rendu, prenant quelques notes sans grande conviction. Rien ne semblait pouvoir lui servir directement.

Parmi les groupuscules, trois concernaient essentiellement des adolescents, en général manipulés, ou « recrutés », selon les observateurs, dont deux à Manhattan. L'un, essentiellement repéré dans les environs d'Alphabet City, au sud de la péninsule, et l'autre dans l'Upper West Side. Le premier se rassemblant dans des appartements de membres, et n'ayant pas d'activité « physique » remarquée. Ils se réunissaient pour échanger leurs opinions ou se conforter dans leurs idées, suggérait l'auteur de ce rapport. Le second était plus marginal, on les avait repérés dans Central Park la nuit, et surtout dans les stations de métro abandonnées, essentiellement dans celle de la 91e Rue.

Dans tous les cas, ces mouvements étaient soupçonnés de divers trafics, drogue principalement, en petites quantités et sans grande structure organisée. Parfois trafic d'armes, ce qui était jugé « plus problématique ».

Lamar recula dans son siège.

Un autre flic, Arnold, était assis à son bureau de l'autre côté de la salle, plongé dans la rédaction d'un rapport.

Lamar se frotta la joue machinalement. Ses pensées passaient de constatations en conclusions.

Chris DeRoy voyait souvent ses « amis » chez lui, dans sa cave. Cela signifiait qu'ils n'habitaient pas très loin. Qu'ils soient originaires du quartier d'Alphabet City ou de l'Upper West Side, cela revenait au même, avec le métro et les bus, on était vite rendu dans Harlem.

Tout de même, un apprenti fasciste vivant à Harlem, songea Lamar... C'était ironique. Harlem était devenu l'emblème du quartier noir par excellence. Il n'avait pas choisi, il avait subi le choix de ses parents ? Probablement.

Lamar guetta le fauteuil vide de Doris. Elle n'était pas revenue. Cela demandait beaucoup de travail de recueillir tous les témoignages du voisinage, surtout qu'il fallait souvent attendre le début de soirée, que les gens soient rentrés chez eux, afin de pouvoir interroger tout le monde.

L'inspecteur vérifia sa montre : 21 h 30. Doris était probablement au chaud dans son appartement, maintenant, à regarder un match de lutte.

Lamar perçut un bruit de pas dans son dos, il pivota et eut à peine le temps d'apercevoir Newton Capparel. Il se leva et s'empressa de sortir de la grande pièce. Capparel dévalait les marches à toute vitesse.

— Un problème ? s'écria Lamar.

Newton leva les yeux vers le géant noir.

— Une patrouille est tombée sur un épicier qui dit avoir vu Christian DeRoy aujourd'hui, en fin d'après-midi, pas loin de chez lui.

— Il est sûr de lui ?

— Il a tout de suite reconnu la photo ! tonna Cappa-rel, triomphant.

C'était son initiative à lui, les patrouilles munies d'une photocopie d'avis de recherche. Si DeRoy était arrêté grâce à cela, les lauriers seraient pour lui, malgré les déductions judicieuses de Lamar.

Capparel reprit sa course et allait disparaître lorsque Lamar se pencha au-dessus de la rambarde pour demander :

— Que faisait-il dans l'épicerie ?

Capparel leva la main sans un regard, il fit signe que c'était sans importance.

— Il achetait des bougies, je crois.

Lamar se contracta.

Des bougies.

L'esquisse d'un sourire se dessina sur ses lèvres.

C'était peut-être une fausse piste, mais il devait aller vérifier par lui-même.

Avec Christian DeRoy armé comme pour faire la guerre, il ne pouvait prendre le risque d'attendre.

Doris entra dans la grande pièce moins de quarante minutes plus tard, certaine de trouver son collègue à sa place malgré l'heure tardive. Lamar était du genre à dormir là si l'affaire était urgente et sensible.

Elle voulait lui annoncer la nouvelle elle-même. Il allait bondir dessus.

Elle fut surprise de ne pas le voir, ni ses affaires.

Apercevant Arnold qui travaillait dans son coin, elle s'approcha de lui.

— Tu as vu Lamar dernièrement ?

Arnold acquiesça.

— Il est parti il y a moins d'une heure. Je crois qu'il était pressé.

— Où est-il, tu sais ?

— Non. C'est important ?

Doris mit les mains sur ses hanches.

— Plutôt, oui. La mère du gamin qu'on recherche m'a parlé. Son fils a reçu un coup de fil juste avant de partir en trombe avec un gros sac.

Arnold la fixait sans comprendre. Elle ajouta pour elle-même à voix haute :

— Je viens d'obtenir la provenance de l'appel.

Arnold s'aperçut qu'elle ne divaguait pas mais tout simplement qu'elle cherchait à évacuer, à partager l'angoisse qui la tenaillait.

— Il a été émis d'un téléphone dans le hall du lycée de Harlem. Juste après le départ de Lamar cet après-midi.

11

Le froid soufflait dans les profondes artères de Manhattan.

La neige tombait mollement désormais, quelques flocons épars, néanmoins une épaisse couche avait rehaussé le niveau des rues et des trottoirs.

Lamar fit jouer son téléphone portable sur le trajet. L'invention du siècle pour la police.

Il jongla entre les différentes personnes à la permanence de la MTA — le métro new-yorkais — jusqu'à obtenir le numéro personnel d'un responsable qui lui expliqua comment rejoindre la station abandonnée de la 91e Rue tout en promettant de lui envoyer sur place quelqu'un avec les clés.

Le raisonnement de Lamar était simple au possible.

Si on avait vu Chris DeRoy acheter des bougies tandis qu'il s'enfuyait de chez lui, alors il n'était pas impossible qu'il soit l'un des membres de ce groupuscule se réunissant dans la station vide de métro. Au pire, si Lamar s'était trompé sur toute la ligne, il n'aurait perdu que son propre temps, mais la piste aurait été vérifiée.

Lamar se gara et marcha jusqu'à l'angle d'Amsterdam Avenue et de la 91e Rue. Un homme en uniforme de la MTA attendait, les mains dans les poches. Lamar le salua en se présentant. L'employé était plus volumineux que la moyenne, avec une petite moustache, il se prénommait Carl.

Carl les entraîna vers un immeuble ; déverouilla une porte blindée ; ils s'engagèrent dans l'escalier. En un instant, ils furent à l'abri des courants d'air glacials, dans les méandres de la station abandonnée.

— D'après les rapports de mes collègues, expliqua Lamar, des groupes de jeunes descendent souvent ici, comment est-ce possible ? Ils n'ont pas le double des clés, j'imagine...

— C'est pas les accès qui manquent. Les anciennes portes ont été murées mais les jeunes les rouvrent régulièrement, et puis c'est un vrai gruyère, ici, il y a beaucoup de connexions avec les égouts, les souterrains, et même certaines caves. En même temps, je me dis que c'est mieux qu'ils viennent faire leurs conneries ici plutôt qu'à la surface. Là, au moins, ils ne risquent pas d'embêter quiconque !

Carl émit un petit rire sec.

Ils dévalèrent des marches de béton au simple éclairage de la Mag-Lite de Carl. Les murs étaient couverts de graffitis colorés. Des bouteilles d'alcool et de soda jonchaient le sol comme la flore apocalyptique de ce bunker.

— Heureusement, il y a encore la possibilité de mettre de la lumière, vous allez voir ! se félicita Carl.

— Non, j'aimerais autant pas. Ça pourrait alerter celui que je cherche.

Carl se racla la gorge en s'arrêtant net.

— Ah bon ? Je savais pas que c'était pour arrêter quelqu'un qu'on venait. Euh...

Devinant son malaise, Lamar le devança :

— Ce qui m'arrangerait, Carl, c'est que vous remontiez à la surface. Attendez-moi dans le hall de l'immeuble, je saurai retrouver le chemin.

Carl approuva aussitôt.

— Ah, et... balbutia Lamar, si vous ne me voyez pas remonter dans une bonne heure, prévenez mes camarades.

Sur quoi il lui tendit une carte de Doris qu'il avait toujours sur lui.

Carl échangea sa puissante lampe torche contre la petite de Lamar et remonta à vive allure.

Une fois seul, l'inspecteur sortit son téléphone de sa poche pour vérifier s'il captait quelque chose. Rien. Il était *vraiment* seul à présent.

Il reprit sa descente dans un couloir sale et sentant autant l'urine que la moisissure pour parvenir à un dernier escalier. Il allait y poser le pied lorsque la lampe accrocha ses lueurs dans quelque chose, juste là où Lamar allait marcher.

L'inspecteur n'eut que le temps de lancer sa jambe un peu plus loin pour éviter de buter contre l'obstacle, il sentit tout son corps qui partait en avant dans les marches. Sa chaussure dérapa, Lamar opéra de grands moulinets avec les bras. Il pivota, en équilibre.

Et se stabilisa, les deux jambes à quatre marches d'écart.

Il éclaira aussitôt ce qui avait manqué le faire choir.

Une longue rangée de bouteilles en verre, toutes vides.

Elles étaient parfaitement alignées.

Un piège ! comprit Lamar. *Non, plutôt un avertissement. Si quelqu'un passe par là, il y a de fortes chances pour qu'il trébuche sur ces bouteilles et qu'elles roulent bruyamment jusqu'en bas. Ça veut dire que je ne suis pas loin.*

Lamar n'hésita plus, il sortit son arme du holster.

Il arriva enfin sur les quais, une longue procession de colonnes taguées le séparait de ce corridor de ténèbres qui disparaissait à droite et à gauche. Lamar longea le mur, balayant l'obscurité pour tenter de saisir une silhouette, ou au moins la preuve d'une présence récente.

Une lueur ambrée se profila dans un des tunnels qui servaient autrefois au passage des rames. Lamar s'en approcha en essayant de poser ses semelles le plus discrètement possible. Il éteignit sa lampe pour ne pas être vu, progressant tout doucement, presque en tâtonnant.

Il arriva en bout de quai et descendit lentement sur les voies. La lueur tremblait à moins de dix mètres.

La clarté de bougies...

Lamar leva son arme devant lui. Ça n'était pas la procédure, il prenait le risque de tirer sur l'impulsion d'une peur subite ou d'un effet de stress incontrôlé, il le savait.

C'était un risque qu'il assumait. Préférable à celui d'attendre que la première balle soit pour lui.

Il distingua enfin un renfoncement où brûlaient en effet quelques bougies sur le sol. Une forme emmitouflée dans une couverture se tenait contre le mur, une bouteille à la main.

Un clochard... pensa Lamar en ralentissant.

Il baissa son Walter P99.

Puis il vit les doigts. Assez fins.

Et surtout relativement propres et sans le vieillissement dû à l'âge. C'était une main d'adolescent.

Lamar ne baissa pas la garde.

À ce moment, la forme dut percevoir la présence de l'inspecteur, elle redressa la tête, la couverture glissa sur ses épaules.

Chris DeRoy planta ses prunelles sombres dans celles de Lamar.

Le masque du garçon traumatisé était tombé.

La haine s'empara de son faciès.

Et il dévoila sa vraie nature.

12

Lamar mit immédiatement l'adolescent en joue.

— Ne bouge pas ! s'écria-t-il. C'est fini, Chris. C'est fini.

Christian DeRoy fit rouler ses maxillaires, contractant ses joues de colère.

— C'est pas un fils de pute de nègre qui va me dire quand c'est fini ! éructa-t-il.

La couverture bougea au niveau du torse, un mouvement rapide.

Lamar hurla :

— NON !

La peur balaya l'hésitation, le doute.

L'index du géant noir s'écrasa contre la détente.

Le canon beugla, vomissant sa gerbe d'acier en fusion.

La couverture se souleva en même temps qu'un éclair de liquide sombre jaillissait de la poitrine de Christian DeRoy.

L'adolescent se mit à trembler, il s'effondra sur le côté, dans les gravillons.

Lamar se précipita sur lui.

Un revolver apparut de sous la couverture.

Chris DeRoy le tenait difficilement, il ne parvenait pas à garder les yeux ouverts.

L'arme éructa à deux reprises. Le garçon visa tant bien que mal l'inspecteur qui s'approchait.

Les balles se perdirent dans la nuit éternelle des souterrains.

Lamar écrasa la main de Chris sans ménagement, lui cassant plusieurs doigts dans un craquement sec. Il repoussa le revolver du bout du pied avant de s'agenouiller au-dessus du blessé.

Les tremblements devinrent des convulsions.

Chris redressa la tête vers Lamar.

Il ouvrit la bouche, grimaçant de douleur et de haine. Il voulut parler.

— Ne... me... touch...

Du sang se mit à couler sur son menton. Le reste de ses mots fut inintelligible.

Lamar souleva le pull du garçon, déchira sa chemise pour inspecter la plaie.

En pleine poitrine. Lamar n'aurait su dire si c'était dans le poumon ou le cœur.

Les jambes de Chris DeRoy se soulevèrent.

Lorsqu'elles touchèrent le sol à nouveau, elles renversèrent une bougie et en soufflèrent une autre.

La lumière décrut soudainement.

Puis la flamme renversée mourut d'un coup.

Lamar sentit le sang chaud couler sur ses mains dans les ténèbres.

La respiration de l'adolescent était frénétique, sifflante.

Puis elle s'arrêta d'un coup.

Un silence.

Et Christian DeRoy émit un long râle avant de s'éteindre.

Lamar se releva après une minute, il alluma sa lampe.

Il devait remonter à la surface. Prévenir tout le monde.

Il recula en s'efforçant de ne surtout pas penser à ce qu'il venait de faire. Tuer un adolescent.

En état de légitime défense.

Il avait néanmoins tué ce gamin.

Des bruits de pas courant dans les graviers montèrent dans sa direction.

Lamar leva son pinceau lumineux devant lui.

Un homme s'abrita vite derrière ses bras pour ne pas être ébloui.

Lamar connaissait cette forme, ce costume froissé.

L'individu rabaissa peu à peu sa protection.

Allistair McLogan, le directeur du lycée de Harlem.

— McLogan ? s'étonna-t-il à voix haute.

Sa voix était étouffée par l'émotion.

— C'est vous, inspecteur ?

— Qu'est-ce que vous faites là ?

McLogan s'approchait.

— Ce que je fais là ? répéta-t-il. Je viens au secours de mes élèves ! Que ça vous plaise ou non !

Lamar ne comprenait pas. Il rangea son arme et vint à la rencontre du proviseur.

— Qu'est-ce que vous racontez ?

McLogan arriva à son niveau.

— Chris m'a tout raconté, il m'a appelé il y a une heure. Vous êtes une ordure, inspecteur ! Et raciste, j'en suis sûr ! C'est parce que c'est un garçon blanc que vous l'acculez comme ça, hein ?

Lamar secoua la tête.

— Je ne comprends rien à ce que vous dites. Tout raconter quoi ?

— Ne faites pas l'imbécile ! clama McLogan en

pointant son index dans sa direction. Il m'a dit comme vous le harceliez, comment vous aviez décidé de le malmener. Il s'est enfui, il avait peur de vous et de vos réactions. Il est venu ici, terrorisé. Et c'est vers moi qu'il s'est retourné ! Pour que je vienne lui parler, le rassurer. Pour qu'il rentre avec moi !

Lamar leva la main devant lui pour empêcher McLogan d'approcher davantage.

— Attendez, vous n'y êtes pas du tout...

— Vos méthodes, inspecteur, sont intolérables ! Vous...

McLogan remarqua alors le sang sur les mains du colosse.

— Qu'avez-vous fait ?

Ses yeux se mirent à fouiller tout autour, dans le noir. Soudain il s'immobilisa.

— C'était ça, les pétards ? Des coups de feu ? Vous... Vous l'avez tué ? s'indigna McLogan avec une colère grandissante.

Lamar allait protester lorsque son cerveau se mit à lui envoyer des signaux d'alerte.

McLogan ici. McLogan prétextant un coup de fil de Chris pour être là. McLogan cherchant à tout prix à protéger l'adolescent. Se pouvait-il que...

Un adulte influent. Capable de manipuler un garçon.

Mais à cet exact moment de doute, la cervelle de McLogan jaillit de la pénombre pour recouvrir le torse et le visage de Lamar tandis qu'un tir assourdissant résonnait dans le tunnel.

Une quatrième personne s'approchait.

13

La forme humaine surgit dans le halo de lumière que projetait la petite lampe de Lamar.

Un pistolet braqué sur l'inspecteur.

Lamar reconnut la coupe de cheveux courts, le visage rond.

Frank Quincey.

Il souriait à pleines dents.

— Et un connard de moins ! déclara le gardien du lycée où tout avait commencé. J'ai jamais pu le sentir, ce con.

— Quincey, calmez-vous, posez cette arme.

L'intéressé s'amusa de cette réplique.

— Mais tu te crois où, là ? dit-il avec cynisme. Qui tu es, toi, pour croire que ce que tu dis c'est des ordres, hein ? Je vais pas poser mon flingue. Non. Et tu sais quoi, je vais même te buter.

Lamar calma sa respiration, il se concentra sur la situation, ignorant la peur qui menaçait de lui faire perdre le contrôle. Il fallait gagner du temps, trouver une solution. Lui parler. Le *faire* parler.

— Quincey, lança l'inspecteur, pourquoi... pourquoi faites-vous ça ?

— Pourquoi ? T'es vraiment un con de Noir, toi ! Heureusement pour notre civilisation à venir, il y a des gens comme moi ! Et comme ces gamins qui n'attendent qu'une chose : qu'on leur explique quoi faire. Comme Christian, un brave gosse celui-là. Intelligent. Il a vite pigé. Quand je l'ai vu regarder tous ces Portoricains, ces Mexicains depuis mon bureau, j'ai su que lui et moi on partageait les mêmes idées salvatrices. Et c'est plus pour me taxer des clopes qu'il est venu me voir ensuite, le petit !

Quincey était excité par ses propres mots, son regard brillait.

— Je l'ai fait entrer dans notre groupe. La génération de demain. Des adolescents que j'ai recrutés dans la rue, des laissés-pour-compte de notre système corrompu ! Et il s'est vite porté volontaire pour notre projet d'éradication. Je n'ai eu qu'à lui fournir les armes, au petit.

Lamar cherchait une solution à cette voie sans issue dans laquelle il s'était enfermé, faisant défiler toutes les alternatives qu'il avait. Pendant ce temps, Quincey soliloquait avec de plus en plus d'émotion.

— Imagine, *inspecteur*, un monde dans lequel des adolescents se mettraient à tirer à tout va sur leurs camarades, ne cherchant pas seulement à viser les vermines de couleur mais tout le monde, tous ces corrompus, ces futurs tricheurs, manipulateurs ! Ce qu'a fait Christian, c'est montrer l'exemple. Bientôt, d'autres feront de même, et ensuite, ça sera le chaos généralisé ! Des armées d'adolescents contre lesquels la police hésitera à tirer ! Nous soulèverons la société et avec un peu de temps, nous la modifierons !

Quincey tendit encore plus son bras armé vers la tête de Lamar.

— Et toi, dans notre nouvelle donne, tu retourneras à ta place d'esclave. Sous-homme tu es né, sous-homme tu dois rester !

Lamar serra sa lampe dans sa paume, l'index glissa dessus.

— Enfin, je dis *toi*, continua Quincey, je veux dire *les tiens*. Parce que toi, tu tires ta révérence ce soir.

La lumière de Lamar bougea un peu tandis qu'il faisait tourner la lourde lampe entre ses doigts.

— Tu vois, l'histoire ne se répète pas toujours ! ironisa Quincey. Le fascisme gagne parfois. Et toi, négro, tu disparais.

Lamar trouva enfin ce qu'il cherchait du bout des doigts. Le bouton de sa torche. Il vit Quincey ajuster son tir, il allait presser la détente.

Lamar poussa le bouton.

L'obscurité fondit instantanément sur eux.

Et Lamar se jeta sur le côté pendant qu'un coup de feu explosait à quelques centimètres de lui.

Il roula sur le ballast et d'un bond essaya de se redresser avant d'avoir perdu toute orientation.

Il se stabilisa à genoux et prit son Walter P99.

Quincey était en train de marcher rapidement, il fouillait le secteur en haletant.

Il buta dans quelque chose, probablement le corps de Christian DeRoy.

Et il tira.

À plusieurs reprises.

Certaines balles quittèrent l'arme sans lumière, d'autres fusèrent en étirant dans leur sillage une flamme devant le canon.

Lamar visa ces flashs.

Et vida son chargeur.

Lorsqu'il ralluma sa lampe, après dix minutes d'un silence hésitant, il découvrit le corps de Frank Quincey effondré sur celui de son adepte de dix-sept ans.

Leur sang se mélangeait dans les profondeurs de la ville.

Quincey frissonna.

Il n'était pas mort.

Lamar courut vers lui en engageant un chargeur neuf dans sa crosse.

Il posa son canon chaud contre la tempe du fasciste.

Méritait-il de vivre après tout ce qu'il avait fait ?

Au loin, un métro gronda dans les entrailles de ce monde.

Ici, sous la civilisation, sous les jugements et les consciences, Lamar pouvait choisir.

Il inspira fort, pour se donner du courage.

La haine avait changé de camp.

Épilogue

Lamar Gallineo eut trois semaines de suspension.

Les Affaires internes remirent leur rapport à ce moment-là, pour confirmer les dires de l'inspecteur Gallineo. Il était en état de légitime défense lorsqu'il avait tiré sur Christian DeRoy, puis sur Frank Quincey.

La mort du proviseur n'était pas de son fait et il n'avait mis en aucun cas la vie d'Allistair McLogan en danger. C'étaient Frank Quincey et Christian DeRoy qui étaient responsables.

Après que Lamar eut quitté le lycée de Harlem ce jour-là, Quincey avait appelé son petit protégé pour le prévenir que la police le cherchait. Chris DeRoy s'était alors enfui vers leur repaire. Plus tard dans la soirée, l'adolescent avait appelé le proviseur chez lui pour l'attirer dans un piège, afin de l'éliminer. À ses yeux, ils méritaient tous de mourir. Peu importaient les moyens.

Gallineo retrouva son bureau, les messages de soutien de ses collègues.

Il se réinstalla en face de Doris qui n'avait cessé de venir le voir chez lui.

Tout rentra dans l'ordre.

Mais il mit longtemps avant de pouvoir regarder un lycée sans penser à tous ces adolescents sensibles et influençables.

Certains étaient durs comme du roc. D'autres manipulables à merci.

Les rues de New York n'étaient pas moins sûres que celles d'une autre grande ville du monde.

C'était la *raison* qui ne l'était pas.

Des femmes et des hommes menaçaient chaque jour ce fragile équilibre qui tenait la civilisation.

Lamar n'éprouva aucune pitié pour eux. Malgré leurs blessures, malgré les adolescences traumatisées de quelques-uns, Lamar n'oubliait pas qu'à tout moment, encore aujourd'hui, ils avaient le plus important, ce qu'il avait lui-même expérimenté : le choix.

Frank Quincey fut jugé à Manhattan.

Sévissant dans un État appliquant la peine capitale, il fut condamné à mort.

Lorsque le verdict fut annoncé, il se leva et fit le signe fasciste.

Cinq ans plus tard, le 18 décembre à 4 h 30 du matin, lorsque les gardes l'emmenèrent vers la salle d'exécution, Frank Quincey s'effondra.

Il pleura. Il supplia.

Il implora qu'on l'excuse. Qu'on lui redonne sa chance. Il jura qu'il ne décevrait personne.

En entrant dans la pièce qui allait être pour lui son tombeau, il tomba à genoux.

Il s'urina dessus.

Il fallut quatre gardes pour lui accrocher les sangles.

Ses gémissements contrastaient avec le silence qui régnait sur les lieux.

Il fut tué en dix-sept minutes selon le médecin qui l'ausculta pour certifier qu'il était mort.

On nettoya la salle juste après, la laissant immaculée pour l'aube.

Propre et anonyme.

Dans l'attente du prochain.

Anatomie de l'enfer

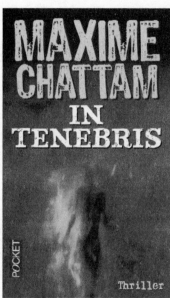

(Pocket n° 12076)

Tous les ans, des centaines d'individus sont portés disparus à New York. Pour la plupart, on ne saura jamais ce qui leur est arrivé. Jusqu'au jour où Annabel O'Donnel, jeune détective à Brooklyn, découvre l'antre d'un terrible serial killer, qui scalpe ses victimes avant de les tuer. Sur le mur de l'appartement figure le visage de 67 autres personnes sur le point de mourir. Aidée du profiler Joshua Brolin, Annabel sait que pour réussir, elle devra ouvrir les portes de l'enfer…

Il y a toujours un Pocket à découvrir

Composé par Nord Compo
à Villeneuve-d'Ascq (Nord)

Imprimé en Espagne par
LITOGRAFIA ROSÉS
à Gava
en avril 2010

POCKET – 12, avenue d'Italie – 75627 Paris cedex 13

N° d'impression : 00000
Dépôt légal : avril 2010
S00000/00

Maxime Chattam

Né en 1976 à Herblay, dans le Val-d'Oise, Maxime Chattam fait au cours de son enfance de fréquents séjours aux États-Unis, à New York, à Denver, et surtout à Portland (Oregon), qui devient le cadre de *L'âme du mal*. Après avoir écrit deux ouvrages (qu'il ne soumet à aucun éditeur), il s'inscrit à 23 ans aux cours de criminologie dispensés par l'université Saint-Denis. Son premier thriller, *Le 5e règne*, publié sous le pseudonyme Maxime Williams, paraît en 2003 aux éditions Le Masque. Cet ouvrage a reçu le prix du Roman fantastique du festival de Gérardmer. Maxime Chattam se consacre aujourd'hui entièrement à l'écriture. Après la trilogie composée de *L'âme du mal*, *In tenebris*, et *Maléfices*, il a écrit *Le sang du temps* (Michel Lafon, 2005) et *Le cycle de la vérité* en trois volumes aux éditions Albin Michel : *Les arcanes du chaos* (2006), *Prédateurs* (2007) et *La théorie Gaïa* (2008).
La nouvelle série *Autremonde*, composée de *L'Alliance des trois*, *Malronce* et *Le cœur de la Terre* a paru chez le même éditeur.

Retrouvez toute l'actualité de l'auteur sur :
www.maximechattam.com